U0068000

全面成長5

曾文龍博士詩文集

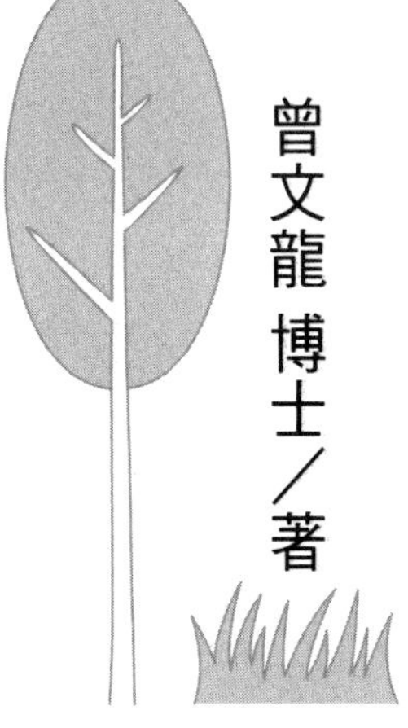

曾文龍 博士／著

目錄

卷柒　莫泥手札 273

【序文】

白雲之道

你無法挫折一朵白雲
因為它沒有要到哪裡
白雲只是飄泊
所到之處即是目標

白雲只是到處移動
沒有什麼東西被拒絕
所有的方向都屬於它
所有的層面都屬於它

白雲沒有未來
它只是存在
每一刻皆是全然的永恆

白雲的奧秘
即是生命的奧秘

曾文龍 1997 年，大年初二

白雲之道

你無法攀折一朵白雲
因為它沒有長到那裏
白雲只是飄浮
所到之處都是目標

白雲只是隨處移動
沒有什麼東西被拒絕
所有的方向都屬於它
所有的層面都屬於它

白雲沒有未來
也只是存在
每一刻它是全然的永恆

白雲的奧祕
就是生命的奧祕

丁丑．大年初二

你何須記住我的名字

你何須
記住我的名字
名字
只是符號
隨時間可以更換
隨光陰可以雷同

你只須
記住我的事蹟
憶起我的作為
縈繞你心
擴散你胸

這樣
你才將記住我
有一天
不是我的名字

不是我的容貌

而是
我的精神

曾文龍 1987 年 5 月 3 日

乘月而去

千江有水
千江月

想
數十年後
化為
一隻孤鶴

每一江水
有鶴

每一月兒
有光

乘風而去
乘鶴而去
乘月而去

曾文龍 1994 年 4 月 26 日　景美溪旁

別問我從哪裡來

別問我從哪裡來
我從青山
我從白雲
我從大海
我從泥土

別問我從哪裡來

我從田野
我從黃花
我從大雨
我從石岩

別問我從哪裡來

白水是我的最愛
樸質是我的最愛

典籍是我的最愛
單純是我的最愛

別問我從哪裡來

鞠躬盡瘁
寧靜致遠
上求天心
下服地理
中趨人道
如是而已

曾文龍 1994 年 3 月 25 日 7：25　美而美早餐

昨日已死
明日未知
只有今日

曾文龍

有教無類
布衣天下

曾文龍 2018.8

桃李滿天下

有人說我是教育家
有人說我桃李滿天下
有人說我是現代孔子
有人說我有教無類
有人說我平價教學
有人說我布衣天下

有人說
很多人說
我當成鼓勵
作為勉勵
一直往前
繼續往前
點點滴滴
汪洋大海

曾文龍 2018 年 2 月 25 日

桃李滿天下

有人說我是教育家
有人說我桃李滿天下
有人說我是現代孔子
有人說我有教無類
有人說我專做教學
有人說我布衣天下

有人說
很多人說
我當成鼓勵
作為勉勵
一往直前
繼續往前
無盡涓涓
匯流大海

曾文龍
2018.2.25晨

法喜充滿

佈道講課

111.1.13

曾文龍

繞台灣教書 20 年

今夕宿何處
台中金典酒店 20 樓
從高雄教書後趕來
因為訂不到國賓大飯店
韓流之後高雄不一樣了
住不到愛河邊
那就趕住台中吧
明天台中要教書
天涯飄泊
密集繞台灣教書
已然 20 年

曾文龍 2019 年 3 月 7 日

王國與感恩

哈爾濱到五大連池共 6 小時，長途跋涉才能到達。
因此只好在遊覽車看「成吉思汗」影片，很吸睛！
看成吉思汗所建立的大草原王國，可佩、可泣、可傷、可悲！
回頭看看自己，原來，我也僥倖建立了我的小王國，
書籍影響力及房地產教育訓練影響全台灣及海峽兩岸、世界華人地區，可深、可廣、可歌、可久！
與成吉思汗一樣在一無所有中、凌辱磨難中，逐步壯大！一位高中同班同學高順鎰老板，10 幾年前常跟我說我在全台灣拚搏努力、各縣市插旗！遍地開花！這種精神很像成吉思汗！是耶？
回首往事前塵呵！亦要長飲「馬奶酒」，淚滿襟了！

來大陸也 22 年了，從房地產到出版到教育訓練，
都是影響力的項目，倖而生存而長存啊！
除了謝天謝地，謝所有有恩於我的人、幫助過我的人……

還有多少日子啊！日子不多了！每一天都彌足珍貴，彌足感恩！

曾文龍 2011 年 5 月 31 日　凌晨 1 點

中國哈爾濱華旗飯店（Victories Hotel , Harbin , China）

縱橫地產三十年
曾經滄海難為水
文章講座一把照
龍行天下滿桃李

敬致

曾文龍教授

楊治林　於北京・廊坊

2004 年 6 月 15 日

不動產教育界・一代宗師

來自學生的信：

曾文龍教授的教學已經到了從心所欲、出神入化的境界！

不管是既訓斥、揶揄消遣又激勵大家一定要熟研法律法條、拼業績、拼理財、拼健康，
笑談江湖、人生幾多風雨，
嬉笑怒罵，皆成文章！

站在孤峰頂上笑看人生！
以大愛的角度，不斷關心、鼓勵大家，
總是希望每個學生的人生旅程，都積極、樂觀、平安，
風雨中挺立、前進！

真所謂一代宗師也！

2022 年 3 月 23 日

卷壹

人間寬容

日日好日
年年容易
一年又过
日日好日
莫問吉凶

曾文龍 2018.12.31

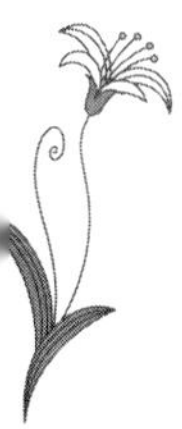

與時俱進

姿勢

不斷調整

曾文龍 92.3.12.

找対人
做対事
事半功倍
安若磐石

[illegible] 102.3.12

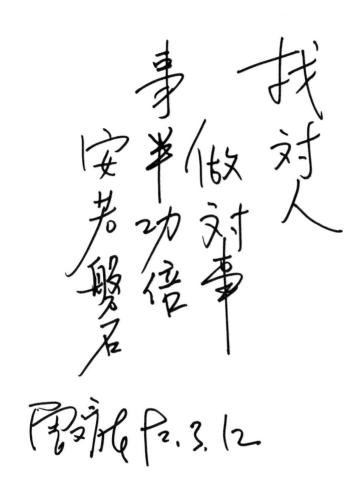

今日最美

何必，常想明天
今天，何其真實
今日，何其珍貴

明天，只要計畫
今天，卻要把握
今日，所擁有的
才是最值得珍惜的

過了今天，明天成為今天
把握今天，必有好的明天
天天紮實，必有好的一年
年年紮實，必有好的一生

誰真知，明天往哪裡去
唯有緊握，樂觀奮發的今天

謙遜，樂觀，精進，寬厚
今日，多麼美妙

朝聞道，夕死可矣
今天，多麼圓滿

曾文龍　1995 年 8 月 4 日　蟬鳴唧唧　內湖

恰若流水

生活，乃是
不斷的試煉
不斷的反省
不斷的檢討
不斷的充電

恰若流水
沒有停止
死而後已

曾文龍　1997 年

人生

人生很悲劇
喜劇也很多
努力走每天
珍惜眼前人

2018.2.12. 曾文龍

支點

生活，如此多采多姿
舞台，如此豐富多樣
有何不快樂
當思，再接再勵
支點來時
轉動地球
回饋人類

曾文龍　2003 年 9 月 17 日　9：30
台北往台中，自強號

座右銘

每天看著座右銘

每天帶著座右銘

才能變化氣質

遠離人性的弱點與健忘

曾文龍　2004 年 10 月 11 日

每天看著座右銘
每天帶著座右銘
才能交代為質人
遠離人性的弱點及健忘

曾文龍
2014.10.11.

人與螞蟻的智慧

人，就像螞蟻
密密麻麻的人
密密麻麻的螞蟻
有何了不起呢？
有何不需要謙卑呢？
人，其實是很脆弱的
人生，都是辛苦的

人，有時還不如螞蟻呢！
請仔細端詳，螞蟻奔跑的速度
數倍快速於人啊！
請看一群螞蟻合力抬麵包屑的壯觀
原來，螞蟻比人類還團結呢！

曾文龍　2018 年 1 月 11 日晨

水落石出

等到　水落石出
絕不情緒
反而壞事
等不到真相

曾文龍　2022 年 2 月 9 日

永無止境

攀越高峯
一重再一重

試煉謙卑
一層再一層

永無止境啊
親愛的朋友

曾文龍　1999年8月15日　9：30
往太極拳路上寫

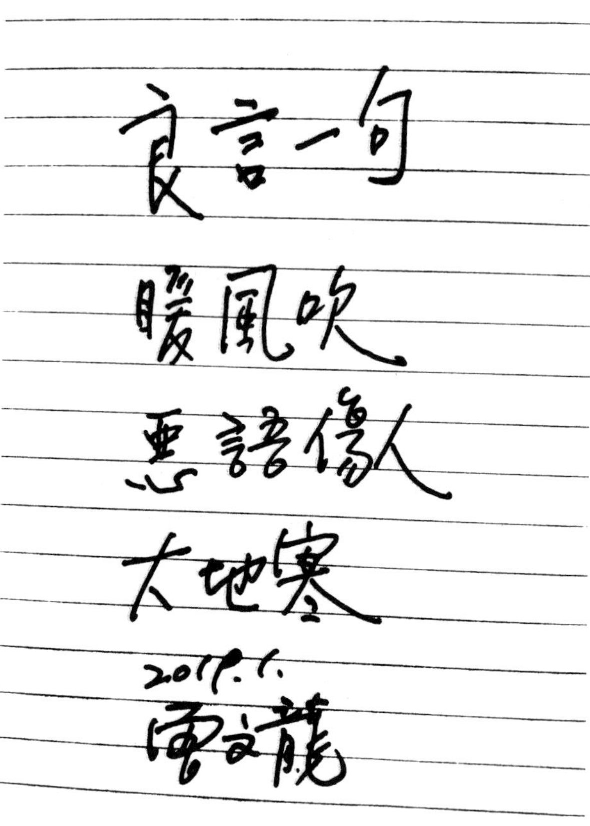
良言一句
暖風吹
惡語傷人
大地寒
2017.1.
曾文龍

測度

用他人的心
測度，他人的心
而非
用自己的心
測度，他人的心
則一切
自然平和

曾文龍　1996 年 1 月 11 日　晨 5：50
天黑，氣涼
老鼠年，又來了

緊張與輕鬆

工作緊張忙碌
內心輕鬆
泰山崩於前而色不變
是要不斷追求的修為
談笑間
強虜灰飛煙滅
是了不起的境界

曾文龍　2019 年 1 月

雪中送炭

錦上添花何足奇

雪中送炭才可貴

曾文龍　2002 年 9 月 23 日

一寸光陰一寸金

人都會老
人都會死
一寸光陰一寸金
古人的体悟
2015.2. 莫泥

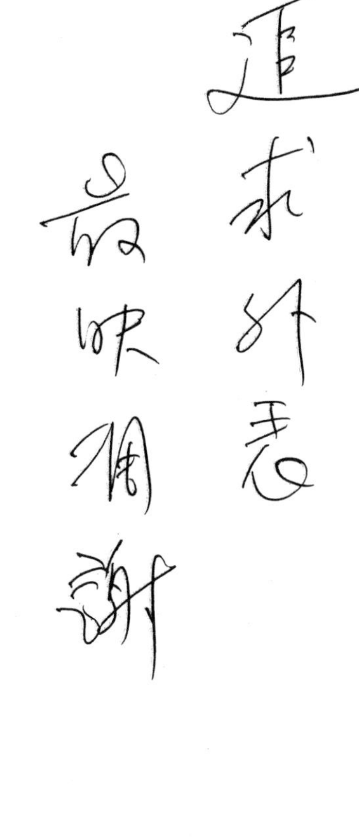

大河滾滾
只能向前！
人生滾滾
只能向前

曾文龍 2009.2.17

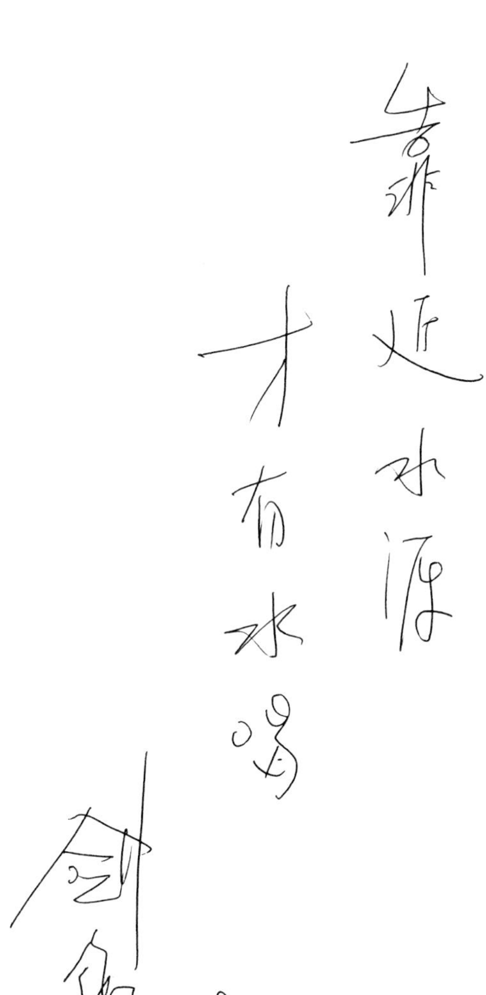
靠近水源
才有水喝
劍衡
十二.三.

同理心

對於人世間的苦難

吾人當感同身受

他們「示範」，何謂苦難痛苦

警告我們，莫步此後塵

曾文龍　2005 年 8 月 26 日

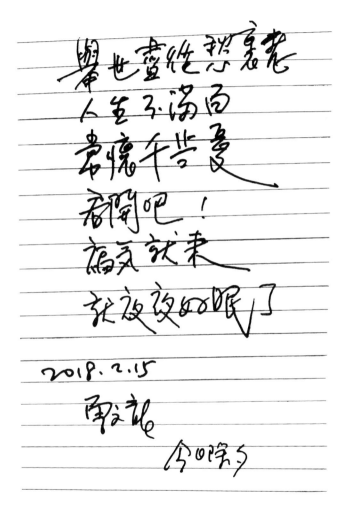

舉世盡從愁裡老

人生不滿百

常懷千歲憂

看開吧！

福氣就來

就夜夜好眠了

2018.2.15

陶文龍

合唱多

心態

貧窮是一種心態
跟　窮人富人無關
有的窮人覺得富有
生活快樂
有的富人覺得貧窮
生活痛苦

曾文龍　2017 年 5 月 29 日

女人

女人
比男人堅忍　細膩
生產之痛亦能熬過去
唯獨嘴巴不能忍
甚爾喋喋不休
當平常心看待　包容
則天下太平

曾文龍　2017 年 6 月 5 日

嘆觀衆生

引以為戒

曾文龍 94.9.30

愛要及時

每個人
常常都在
後悔中回憶

愛要及時吧！
苦難的眾生

曾文龍　2018 年

20 年賣早餐

看她青春時賣早餐
看她已白髮賣早餐
20 年如一日
令人非常尊敬啊！

曾文龍　2018 年

再回康橋
已是十年
非英康橋
台南康橋

2022.9.9
曾文龍

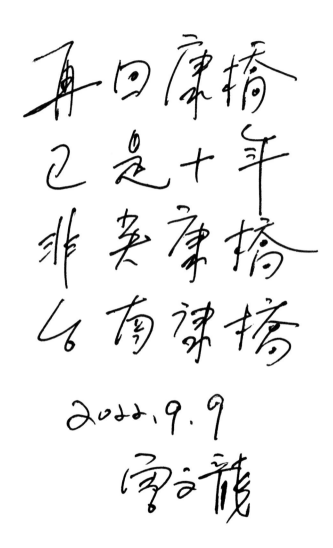

信紙

很多年
看不到飯店信紙了
應該使用率不高了
以前出國到不同國家
一定要拿當地特色的信紙
寫一首詩，或題幾個字
回國留下永遠的紀念
到台灣外縣市也是
現在看不到飯店信紙了
只有小小便條紙
跟服務生要這種信紙
服務生一臉茫然，拿來影印紙

曾文龍　2021 年 10 月 18 日　台中金典酒店

契機

凡事之發生，必一正一負一陰一陽
絕無可能，偏陰或偏陽
因此，寧取正勿取負，寧趨吉勿趨凶

凡事之發生，必提供吾人成長之契機
而非只是提供心煩意亂
寧自我檢討
外人可隨吾人檢討？可讓人檢討？
唯擴大格局，而非縮小格局

曾文龍　2004 年 2 月 2 日

春草之長

道，在日常生活之中。
修道，即是把日常生活老老實實地過好，把它修好。

修道，絕不在遠去、或嚮往遠方，或嚮往一個人、或一個派別。
常常，徒然被一個不實在的表象所牽制、牽引，而卻自以為清高，華而不實，徒然引發另一種虛偽。

修道，能分秒老實、紮緊馬步，則如春草之長，不見其長。
有一天，卻見芳草連天！

曾文龍　1999 年 7 月 8 日

天光微亮

98年5月2日　日記

天光微亮
總是最美的時刻
恰如人生的奮鬥

107年1月25日　早晨6.10

抄寫98.5.2日記
現在是冬季早晨
也是天光微亮
大地甦醒
天行健
君子以自強不息

曾文龍

茶

品茶
喝茶
讀茶
享茶

2022.10
曾文龍

人有品
才得人心

日無吉凶
瑞在內心

卷貳

困難中成長

任何挫折
化為養份
來日開花

2020.6.
曾文龍

恩典

挫折，是上帝的恩典。

挫折，讓我們自省，蓄積新的能量。

壓力，最能認清幸福的況味。

因為壓力不撥開，永無看到真正的幸福。

曾文龍　2002 年 4 月 7 日

誠品咖啡，敦南

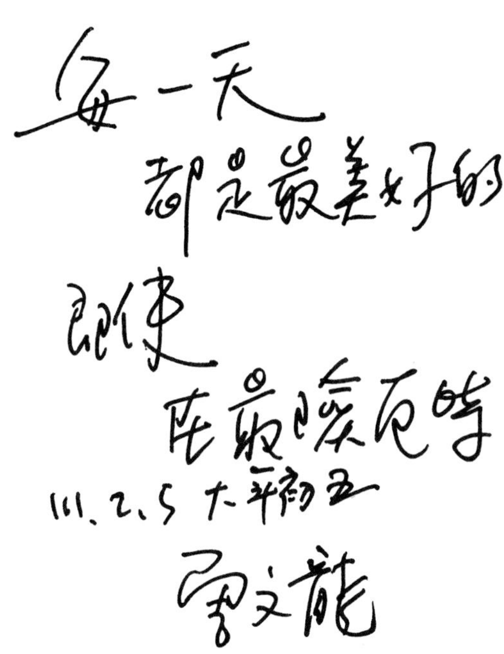

每一天

都是最美好的

即使

在最險厄時

克服困難

碰到困難，把它克服
而非，受到左右
　　　情緒沉淪
甚至，讓困難擊敗

人生，就是一連串的困難
　　　　　一連串的成長
　　　或被擊敗

如是而已

曾文龍　2001 年 2 月 15 日

碰到困難，把它克服

而非，害怕它

躲得遠遠的

甚至，讓困難擊敗。

人生，就是一連串的困難

一連串的成長

不被擊敗

好吧

2.15

面對問題

面對問題
定能解決問題

逃避問題
定能惡化問題

曾文龍　1998 年 1 月 15 日

順與逆

人在順境，猶若下坡，要學習煞車
人在逆境，猶若上坡，要學習推車

不懂煞車，最後，再風光，終將入海，沒頂！
能耐推車，再苦，再疲累，終達山頂，乘涼！

順與逆，皆人生常態，並無高低，只有考驗
順境，淡然處之；逆境，淡然處之
福兮，禍所倚；禍兮，福所倚
陰陽正負，相生相剋，此之謂也！

曾文龍　1999 年 6 月 1 日

雪地小草

曾經，在困難的時刻
抒發心得，自「娛」、勉人

多年後，有一天，某一時
卻驚喜發現
在最困難的時刻
我尚能如此自勉、度難關
留下，豐富的
雪地小草

曾文龍　2004 年 12 月 12 日

奮鬥

人生，是永無休止的奮鬥
在奮鬥中，層層昇華
不進，則退
如同水，不流，則腐

曾文龍　2000 年 9 月 15 日　中秋

困難逼人
才能突破

峰迴路轉

縱是鏡花水月
也要繼續努力
樂觀前進
也有可能
柳暗花明
峰迴路轉
得到勝利

曾文龍　2022 年 2 月 8 日　大年初八

縱是鏡花水月
也要繼續努力
樂觀前進
也有可能
柳暗花明
峰迴路轉
得到勝利

2022.2.8 大年初8

曾文龍

盡全力

在命運的大網裡
　　　　盡全力，
而能在未來的命運
　　　　參與！

曾文龍　2009 年 10 月 2 日
飛機上　澳門往台北

在命運的大網裏
盡全力,
同時隨著未來的命運
享受

曾文龍

2007.6.20 10.02 飛機上
澳門→台北
Air Macau

困難是恩賜

困難，是上天的恩賜
扶我們成長、突破
享受進步的喜悅
而且，妙的是
逃避困難
卻徒留痛苦的滋味！

曾文龍　2004 年 11 月 16 日

困難，是上天的恩賜
扶我們成長、突破
享受進步的喜悅
而且，妙的是
逃避困難
卻徒留痛苦的滋味

曾文龍 2004.11.16

力爭上游

歹命時

　　可以過好命的生活

好命時

　　也可過歹命的生活

事證歷歷

　　能不力爭上游？

曾文龍　1998 年 12 月 16 日

愛困難

困難無須怕
怕困難　困難仍在
避困難　困難更大
有困難　才正常
無困難　非人生

困難　只需面對
面對困難　才能解決困難
困難　只需擁抱
擁抱困難　才能窒息困難
而後　你會開心
苦盡甘才來
而且　你又更上一層樓了
你甚至要感謝困難
刺激你成長
磨鍊你開闊
帶領你乘風破浪　柳暗花明

曾文龍　1989 年 8 月

成功與突破的要素

1. 強健的身體
2. 旺盛的企圖心
3. 不斷修正的良好方法
4. 修身學習的態度
5. 今是昨非的靈活

曾文龍　2005 年 12 月 25 日清晨　美國・華盛頓

吉凶何辨？

有不少相士說
發財要選好氣場、好磁場
遠離不吉利的環境
但何謂吉氣？凶氣？
當然由他們決定，且請記得付一大筆費用
可嘆的是，他們派系紛雜、標準雜亂
讓我們無所適從！而每個人都說他是神算！
然而，壞環境才能培植與錘鍊大能力的成功者
逆境有何不好？！
富家子弟處好環境，卻也易成頹廢衰敗的下場。
其實，好壞環境皆可相處、可並容，
如同癌症，能與它和平共處，活愈久，
愈殺它（用化療），則人亦同步受重傷！春去也！
相士、神壇之言，竟多誤導眾生
可歎！悲哉！

曾文龍　2004 年 12 月 12 日　竹北往台北．火車上

與新竹縣不動產仲介公會鄭嘉盛理事長餐聚後，第一次從竹北坐電聯車返台北，碰到小狀況，竟坐了2個多小時才到台北。

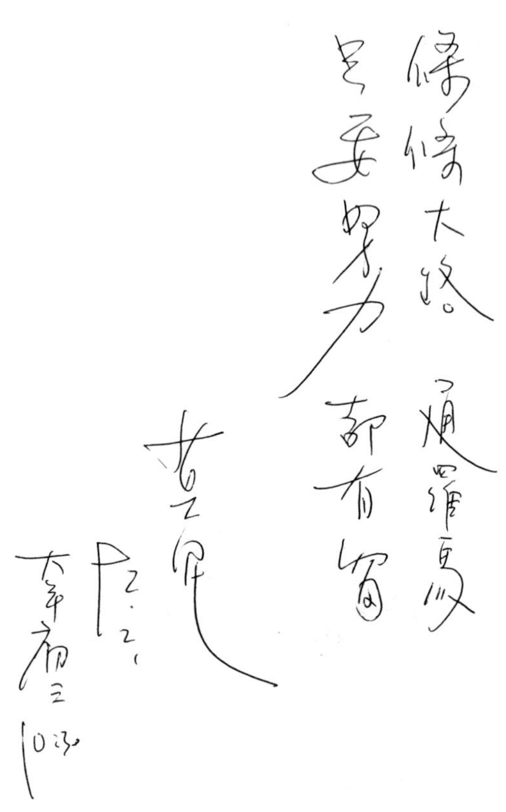

條條大路　通羅馬
只要努力　都有窗

充電創富

繼續充電
才能繼續創造財富
參加房地產證照考試
是最好的充電方式之一
因為要考試
逼我們讀 6 本法律書
不管讀多讀少
立刻受益
立刻可運用在日常生活

曾文龍　2018 年 2 月 12 日

和平共存

樓上極吵
正在裝潢施工
震耳欲聾
要如何共存？

新冠肺炎肆虐 2 年多
要如何共存？

不共存
也是死路一條

極度修養
和平共存！

曾文龍　2022 年 5 月 2 日

今日事，今日畢

今天該做的事
不能累積到明天
否則，必有大害！

困難是必要的
挫折是必要的
不然，不會成長與成就！
任何危機，都含轉機
只須面對與檢討！

曾文龍　2009 年 4 月 1 日

眾生皆困難

自作自受

自己解套

2022.1.

曾文龍

眾生皆困難

自作自受

自己解套

感恩

不遂吾意者
亦要感恩
因為，也能
轉為契機，甚至
飛得更遠！

曾文龍　2004 年 2 月 15 日

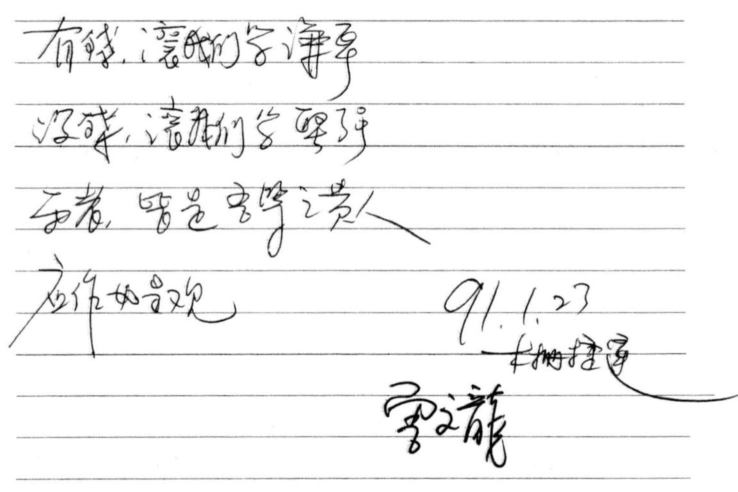

有錢，讓我們學謙卑

沒錢，讓我們學堅強

兩者，皆是吾等之貴人

應作如是觀

只要挺住、一直堅持
一切過往、好與壞
皆足感恩、皆是恩人

91.10.9.

只要挺住，一直堅持
一切過往，好與壞
皆足感恩，皆是恩人

努力的歲月

回想過往

點點滴滴

感恩

每一天努力的歲月

曾文龍　2021 年 6 月

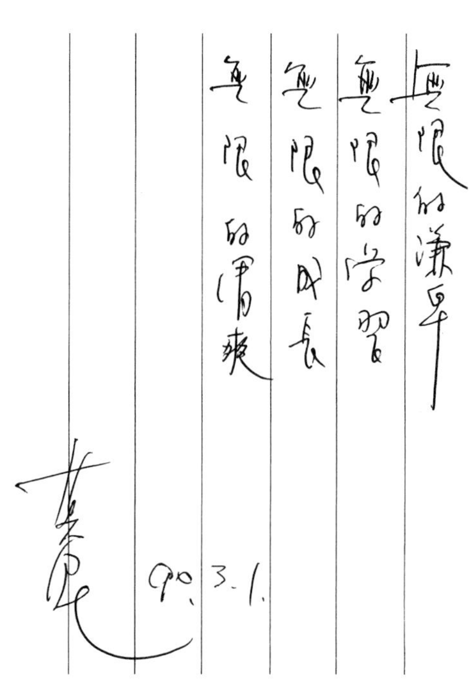

無限的謙卑
無限的學習
無限的成長
無限的清爽

戰鬥與休閒

人生即是戰鬥
戰鬥為了成就
人生也要休閒
休閒為了修復

曾文龍　2018 年 1 月 17 日

千年一夢

千年有趣
千年苦難
千年縱笑
千年風雲
大夢一場

曾文龍　2006 年 2 月 10 日

層層險厄努力衝
輕舟竟過萬重山

曾文龍
2021.3

自立自強
自助天助

永不放棄
成功在望

曾文龍

2022-1.16

卷參

千江有月・萬里藍天

平等觀

對於各縣市的眾多學生
不論男女老少
無分美醜胖瘦
一律疼惜與尊重
一律平等觀

曾文龍　2007 年 1 月 5 日

莫名的喜悅
因為要求不多
知足常樂
因為設身處地
同理心看天下

2022.2.
太平紳士 曾文龍

樂觀主義者

有些高手說
我是無可救藥的樂觀主義者
信哉！
樂觀，身體健康
悲觀，容易生病

曾文龍　2022 年 2 月 8 日　大年初八

半夜起床
且喝熱茶
再喝咖啡
亦無掛礙

2022.1.8. 0315

曾文龍

人與樹葉

力行國小校園的角落
看到一大桶一大桶的落葉成堆
我撿起一大片枯葉
仔細端詳它的枯黃破裂
它也曾蒼翠嬌嫩風光過

如同少年人
最終也衰老枯弱
每個人
恰也如一片落葉

曾文龍　2017 年 5 月 14 日

快樂

快樂，是一種心境
無關乎財富
無關乎痛苦
是一種高度的修養
在經歷人生的焠練
一種淡然，自然流露

曾文龍

2018.1.14

今晚特演講給新伙伴 相互修勵

111年

三個一

很難寫錯

歲月若飛

往事莫落

2022.1.7.

曾文龍

自勉詞

持盈保泰

風華正茂

千手觀音

千軍萬馬

功德無量

曾文龍　2022 年 2 月 1 日　大年初一

自勉詞

持盈保泰
風華正茂
千手觀音
千軍萬馬
功德無量

2022.2.1. 大年初一
曾文龍

單純

微風在身
小孩戲沙

夕陽　沙灘　景美溪
綠野　山巒　動物園

曾文龍　2001 年 6 月 24 日

星空夜晚

遙望天際

各有所思

2022.1.

劉文龍

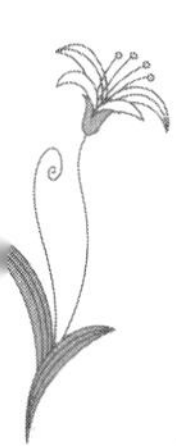

愈醇愈香

老歌
老朋友
老情人
一齊老
老得好
愈醇愈香

曾文龍　2019 年 3 月

故鄉

音樂無國界

500miles

觸動心靈

總讓人鼻酸

思緒回到故鄉

甚或讓人泫然欲泣

故鄉　故鄉

是永恆的母親

曾文龍　2020 年 11 月

故鄉最美

甜不甜　故鄉水
故鄉最美　因此
沒有人嫌棄故鄉
也就沒有選擇的問題

故鄉伴隨　童年的成長
童年最真純　故鄉
乃成童年的化身
故鄉　只有慰藉與溫馨
更無須選擇

然而　滔滔濁世
吾人確實，可以
選擇心靈的故鄉
「讓柏拉圖與你為友
　讓雅里士多德與你為友
　更重要的，

　讓真理與你為友」

經典，乃人類心靈的故鄉
而從經典，最能發現真理
讓真理與我們為友！
吾人選擇經典，則能
選擇心靈的故鄉！

我們珍視　自然的故鄉
我們選擇　心靈的故鄉
故鄉最美　故鄉最甜
故鄉故鄉　讓人
魂牽夢縈　一生一世

讓自然故鄉　與你為友
讓心靈故鄉　與你為友
更重要的
讓溫馨與你為友！

曾文龍　1994 年 1 月 25 日　凌晨 1：20

只有歌聲

只有歌聲
才能留住一個時代
只有歌聲
才能留住一個回憶
只有歌聲
才能回到從前

民國 71 年唱紅的「心事誰人知」
那時市井小民街頭巷尾路邊攤都在唱
是台東原住民歌手沈文程第一首爆紅曲
為業餘作曲人蔡振南先生創作
誤打誤撞交由西餐廳新人沈文程詮釋
之後沈文程在家專心創作一百多首歌一整年
把其中一首「來去台東」毛遂自薦唱片行
等快一年卻沒人要出片
最後終有人賞識他獨特的本土味
沒想到發片後「一炮而紅」！

心酸啊！創作者，兩年沒收入！

南迴鐵路通車後
那時到台東觀光的人潮
竟因「來去台東」這首歌提高了 3 倍！
沈文程被台東縣政府頒為「榮譽縣民」！
並把「來去台東」作為「台東縣歌」！

只有歌聲
才能回到逝去的年代
才能回到昔日的親情
才能回到往日的戀情

大家都很心知肚明
誰愛唱什麼歌
誰能唱什麼歌
就洩漏了年紀

讓我們唱歌吧
讓我們繼續再唱吧
只有歌聲

才能撫今追昔
追憶懷思過去的年代
熱淚盈眶仙逝的親友

只有歌聲

曾文龍　2017 年 1 月 8 日

明天除夕
年後一年
彈指相逢
幾年不遠
人生如夢
對酒當歌

對酒當歌

2018.2.14

曾文龍

沒有道理

流行是沒有道理的
醜的會變美的
只要大家認同
恰若一陣風
呼嘯而過

曾文龍　2003 年 9 月 7 日　台北往台中　火車自強號

無盡的感恩
無盡的歡樂
無盡的成長

周文龍
12.2.1
大年初一
10:45

深刻体悟
每一時 每一天的重要
在寶貴的光陰
冷靜思考 最佳的決策
最好的方向 像順風船
事半功倍 乘風破浪

曾文龍
112.2.19

錦上添花何足奇
雪中送炭才可貴

曾文龍
2002.9.23

生氣時
不作任何決定

92.3.11

踩花

萬壽山頭尋寶地
地在林深不知處
撥樹踩花勉前行
古老小屋猶兀立

曾文龍　2000 年 4 月 12 日

少言無害

言語機鋒
使真理愈辯愈明

多言無益
少言無害

曾文龍　1996 年 10 月 11 日

宇宙十方

是畏因而非畏果
是謙遜而非自責
是割捨而非擁有
那海闊天空
那白雲千山
那宇宙十方
皆有我們的化身

送給 30 年老友
番胖先生

曾文龍　1996 年 10 月 11 日
晚 21：30 疲累的下班前

山山水水
餵我子民

一無所求

心無罣礙
一無所求
因此
可以順其自然
依此標竿
繼續努力

曾文龍　2017 年 12 月 26 日　台北

平安

來一杯伯朗（Mr.Brown）咖啡
在火車站的 corner
在等火車的暫憩
肯定也是，一種享受

人生何求？
平安過日罷了！
夫復何求乎？
平安易得乎？
何不多關切新聞
災難何曾停止過啊！
我敬愛的神！

曾文龍　2005 年 1 月 12 日　15：40

台北往竹北，參加新竹考照班結業聚餐，及明早趕赴苗栗，趕赴不動產經紀人協會，曾理事長就任典禮。

流光

傷光陰之飛逝
老友　竟皆垂垂老矣
嘆造化之弄人
廉頗老矣　尚能飯否

無人可以長青
更無所謂青春永駐
唯有　握今朝　享今夜
杯晃交錯笑語留
何管韶光無情逝

曾文龍　2004 年 2 月 26 日　20：50

參加 17 年老友謝董之春宴（三桌），中有數位多年未見之老友，頗生感觸。

詩心暢順

取法自然

赤子之心

永保青春

曾文龍 2017.6.23

仙跡岩

夜間女郎

夜間女郎，與
夜間工作者
兩者有多少差異？
這樣的辯駁
好有一比：
「老師，我跟你一樣
都是賺鐘點費的」
曾經有位巧笑倩兮的
夜間女郎，如是告訴我

以時間計價的觀點
同樣都在出賣青春
同樣都在服務人群
我領鐘點費
她賺鐘點費
是無差異
我乃，啞然而笑！

曾文龍　1992 年 9 月 20 日　碧山

再前進一點

有人說，我的歌有江湖味
真好聽，感人

有人說，我的英文字
寫得真好，學不來

是嗎？還真受寵若驚呢
說我文章好、口才好、詩感人
是已定論
說這些，讓我欣慰中帶點陶醉、帶點心傷

親愛的老友
容我再前、再學、再寫、再唱
以再優質
回饋　養我、育我、長我的這塊大地

曾文龍　2004 年 1 月 18 日

此心春常在

比上不足
比下有餘
但願此心春常在
須知世上苦人多

曾文龍　2000 年

感恩

回想過往
點點滴滴
感恩
每一天努力的歲月

曾文龍　2021 年 6 月

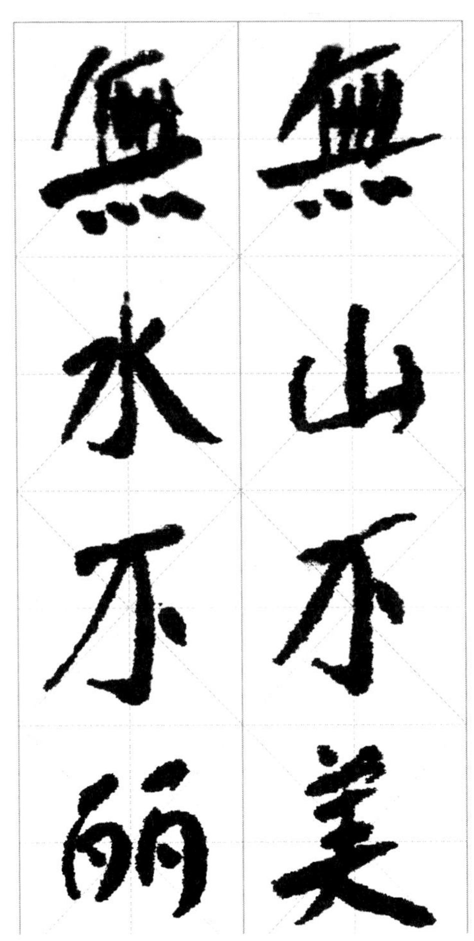
無山不美
無水不麗

海納百川
不辭細流

趁還活著
珍惜每日

柳暗花明
再現春光

退一步
海闊天空

溪流清澈
源頭活水

心無掛礙
倒頭即睡
曾文龍

順天應人
神的旨意

卷肆

詩．文學．人生

用生命寫文章

用生命歌唱

曾文龍

111.11.

文學的人生

每個人幾乎都是學文學長大的，從小讀中文、英文、文言文、古典小說。

從小，也沒有「房地產」這個行業。

民國 62 年，台北預售屋制度起飛，我們才慢慢知道有房地產這個行業、建築業、代銷業、仲介業等等，並且有房地產相關的法律。

然而骨子裡，我們都是寫文寫的，我在百忙的剎那寫過的詩有 1,000 多首之多，並且隨著時光的流動依然不斷地在增加中。此外，雜文多篇，出版房地產書更多達 40 本了！

大學時代，到處投稿文學刊物、媒體，甚至發表政治評論。

大學就用匿名寫過「誰來指導教授？」，並刊登在報紙上！

然而，內心深處，骨子裡最嚮往的還是「文學」，透過文學，回到人生的角度思維生命！

曾文龍　2022 年 7 月 12 日

嚮往文學

回到文學的生活
回到初衷
回到年少輕狂
回到年少無知

我欲乘風歸去
唯恐瓊樓玉宇
高處不勝寒

回首來時路
不禁淚沾襟
回到文學生活
舞之蹈之歌之
且度餘生

曾文龍　2017 年 4 月 29 日　20：00
一品活蝦店．忠孝東路 4 段

何謂好詩

一氣呵成就叫詩
簡明扼要就叫詩
回味無窮就叫詩
心靈契合就叫詩

曾文龍　2020 年 10 月 2 日

莫忘初衷·重回文學

寫文學　很快樂
趁老年　回到年少輕狂時

讀文學　很快樂
無邊無際的宇宙
盡情悠游

老了　回到文學
重回文學
回到初衷
莫忘初衷
卻顧所來徑
淚濕沾衣襟

曾文龍　2017年12月20日　晨

宋文學、紅樓夢

(趙先生) 四川年輕相對

漢文學、紅樓夢

通過通俗的字來

表情達意

老了、四川文學

新國文學

四川方言

普通話方言

[illegible]

[illegible]

中國文字

英文方言

曾文龍

2017.12.2晨

親愛的朋友

在我的字裡行間
在我的草率字體
你是否可以感受
那股「飄逸飛揚」文采！
而非僅是世俗的「龍飛鳳舞」？

千山我獨行，不必相送
有一天，當我不在
你只要，看我的書
翻翻我給你的資料
或者默念我寫的詩
亦如同與我對話，一定
有綿綿不絕的暖意
陪伴與鼓勵著你

曾文龍　1993 年 12 月 25 日

大江東去蘇東坡
徒留東坡肉
人生如夢
一樽還酹江月
何妨吟嘯且徐行
料峭春風吹酒醒
誰似東坡老
白首忘機
我欲乘風歸去
唯恐瓊樓玉宇
高處不勝寒

此心安處
便是吾鄉

小蘇東坡東坡肉

也無風雨也無晴

曾文龍 2018.6.6.

一代詞人

周邦彥
一代詞人
詞風富艷精工
世人競相傳唱
故鄉遙
何日去
愁一箭風快
半篙波暖
登臨望故國
誰識
京華倦客

曾文龍　2015 年

讀小詩

讚嘆啊，讀小詩
眾家小詩集
總有神來之筆
「弔詭
如一場難以交集的辯論
鋪排一場
尤勝於雪之白」

神經哪，突然想讀小詩
找到一本了
竟是 2007.4.1 誠品敦南買的
驚訝的是一打開書
親筆記載我流逝遙遠的歲月

曾文龍　2020 年 8 月 20 日

「遙想 20 年前那段仁愛國小打太極拳的年代，常到誠品餐廳簡吃。那段如何『槍林彈雨』的歲月！」
現在赫赫有名的誠品敦南也熄燈了！

彩虹

寫詩
寫札記
通常一氣呵成
靈感似天上的彩虹
若不瞬間捕捉
很快就消失無影了

曾文龍 2017年6月5日 晨

撕詩上山

平日少看詩
且撕一頁詩
隨著登山去
山中易賞析

曾文龍　2017 年 6 月　仙跡岩

不斷學習

思潮泉湧啊
創作無限

黃河天上流啊
悠悠長江

不斷學習啊
俯拾即是

曾文龍　2018 年 1 月 11 日

內蒙古在台灣「星城」

一場內蒙古的盛宴
在親切樸實的「星城川菜」灑開
雖然餐廳規模並非豪華巨大
仍無妨　一陣陣開闊的歌聲
以及　海浪般的暖暖友情！

那蒙古大草原的歌聲
那難以想像的千萬里之遙
竟搬到台灣來了
搬到星城川菜來了

大草原的歌聲
開闊而雄渾　美麗而豪情
是無須借助麥克風的
他們唱的　我們聽的
是一場真正蒙古的原味！
是一陣陣熱熱辣辣的暖意！

親愛的朋友
有緣相聚　短暫的即別
這一切都已成為過去
縱然這場盛宴如同過年般的歡樂

請容許我
一個無意間恭逢盛會的「旁觀者」
為你們敘述
用最溫柔樸質的詩
記下在臺灣的小角落，曾經
有這樣一場內蒙古的盛會！

送「星城川菜」的好友們

曾文龍　1993 年 12 月 29 日於台北
莫泥小軒

詩與蒙古

我的詩，到了蒙古
一位台北科大英文系老教授
非常歡悅的告訴我
並說找我許久！

我確實詫異
無意中寫的一首詩——
『內蒙古在台灣「星城」』
竟然輾轉的傳到了蒙古了！
傳給蒙古大草原的歌聲了！
然而蒙古在哪裡？
內蒙古長得如何？
我尚無機緣目睹呢！

有人說我這首詩
完全把大草原的歌聲
「開闊而雄渾　美麗而豪情」

溫熱地描述出來了！

親愛的朋友們
感謝你們的厚愛啊
一首詩，竟有如此的因緣！

曾文龍　1994 年 1 月　台北

千古芳香

浮生六記缺二記
殘本購於冷攤子
古來美女難善終
但留千古芳香味

曾文龍　2017 年 6 月 29 日　台北木柵・萃湖

心無罣礙
流暢變化
奔展靈感
縱橫即景！

2022.7. 曾子龍

北京的大老板說
我是哲學家
非敢期待
只是記下
靈感的剎那

北京微信

曾文龍 2018.2

遙遠的悸動

偶拾舊檔案
心靈感悸動

遺忘灰塵事
鮮活遙遠事

文字永恆事
勝過古建築

曾文龍 2022 年 7 月

偶拾舊檔案
心靈感情動
遙
遠 遠之故居事
的 錢塘遙遠事
情 文字永恆事
動 勝過古建築

2022.7
曾文龍

聽老歌總感傷

聽老歌
會感傷
逝去遠離的時光
逝不去的老歌
恍惚回到過去
卻徒留夢幻

逝去的時光
物是人非了
或物也非了

曾文龍　2018 年 3 月 2 日　元宵節

思緒如泉湧
問渠
哪得清如許？
為有源頭活水來

2022.5.19晨 曾文龍

思緒如泉湧

問渠

哪得清如許？

為有源頭活水來

感人的文字

從歌詞
感受文字的溫度
文字的熱光
熱淚盈眶啊
感人的歌詞

古人說
文字可以驚天地
泣鬼神
信哉
感人的文字
就像燈塔照射

曾文龍 2018 年 1 月 20 日

文字與建築

文字的壽命
比建築還長
輕飄飄的文字
從老子、孔子、孫子
都還留傳
但那時代的建築呢？

文字的壽命
竟然
比龐然建物還長

曾文龍　2017 年 12 月 31 日　歲末

靈感如泉湧

我走到哪裡
處處可入詩
靈感如泉湧
宋朝一代詩人蘇軾
耳聞所見心動情思
無意不可入
無事不可言
此之謂乎
此之謂乎

曾文龍　2017 年

每個字——
都有它的生命
寫風就像風
寫雨就像雨

曾文龍 107.5.26

藏書最珍貴

27年前買的書
十大詞人
2018年才翻閱
也不過十篇
2019年還沒翻完
還好27年前有買
今天買不到了
藏書最珍貴
27年前買的衣服
還在嗎？
解答嗎
2019.1.　曾文龍

寫詩與買詩

我沒有寫詩
只是愛詩
喜歡記憶
人生點點滴滴
在時光之剎那
竟然寫了千首了

也沒有期待
成為詩人
只是愛買詩集
年輕買到年老
竟然詩書繁多了

曾文龍　2015 年 3 月 16 日　晨

寫詩像喝白開水？

寫詩
如同喝白開水？
如此精緻凝鍊的文詞
竟會像白開水般的容易？

是的
我的寫詩
就像喝白開水
隨時可喝
隨時完成
不分晝夜
不分時辰
我的詩作
比許多專業詩人
還要多得太多

其實不然
那是我心敞開

俯拾皆是題材
滿地都是靈感
那是我心卑微
隨時學習精進
活水源源汩湧！

當然，更有那
人世的坎坷波浪
提供赤子之心
揮灑的舞台

親愛的朋友
莫以為寫詩容易
更莫以為寫詩艱難
這一切的湧現
仍是一點一滴
水到渠成
仍是無畏風浪
乘風破浪
罷了

曾文龍　1994 年 5 月 1 日　10：40
陽台拖地，灑水桔子樹後

古董出土

到底寫了什麼
自己也忘了
寫了幾十年
文章日記散落各處

有一天古董出土
自己也嚇一跳
我竟然寫了這些？
這些真是我寫？
還頗有內容與見地

曾文龍　2022 年 9 月 8 日　近中秋

狙擊手

因為你　我
才成為詩人
真正的詩人
熟練的詩人
練達的詩人
快速的詩人
飛天入地的詩人
左右開弓的詩人
又快又準的詩人
如同
青澀的果實
接受溫暖的陽光
如同
潺潺細水
忽而
雷聲響　風雲動
大雨狂注　萬馬奔騰

竟成　汪洋大海
詩之海

而你是
海上白帆的狙擊手
我卻甘作
海中不設防的游魚
任你撥弄
任你觀賞
任你垂釣
任你狙擊
然後
拖你下海
來不及驚叫　你
以慌張失措的臉
以不可置信的眼神
同我　一起淹沒
讚嘆　海底景色的瑰麗美絕

曾文龍　1989 年 11 月 26 日　台北往香港

三字歌

江水長
秋草黃
天蒼茫
雁何往
歌聲遠
琴聲顫
酒喝乾
再斟滿

曾文龍　2021 年 3 月

註：靈感來自內蒙烏拉特民歌，呼斯楞的歌曲「鴻雁」。

心靈故鄉

寫詩，是最欣喜的時光
看詩，是最快樂的時刻

商場倥傯如我
有人發現
只有談到我的著作時
更見我神采飛揚、喜悅畢露

他們不知
我寫詩是如何的快速不受煎熬
那種心靈深處的喜悅與歡欣
就立即湧泉！

詩，已成我心靈的故鄉！

曾文龍　1994 年 1 月 8 日

慢的好處

活到 52 歲了，才知道要學習慢，才知道要落實學習慢的重要性。

「吃菜慢一點，慢慢嚼，嚼出它的味道！」幾十年前就知道的道理，至今猶不能落實！

打太極拳最慢了，因慢的功夫才能迅即出擊，如同開車太快，就無能緊急煞車！

慢是優雅的，深沉的，穩重的，細水長流的，休閒的，慢條斯理的，如沐春風的，不易生氣的，避免急躁的，想清楚再說的，好處說不盡的。

我的寫字快又草，讓人認得痛苦，自己有時也認不出來。提到慢的重要性，那我這篇文章還好意思寫得又急又草嗎？連下筆之力都覺得輕了。輕輕下筆，還不是一樣清楚嗎？誰說用力才寫得清楚呢？反而手酸死了，痛死了！

余光中所發表的詩，原筆跡呈現一筆一劃、一絲不苟，清楚極了，有個性極了，好看極了，印刷字都無法取代。我看了慚愧極了，可剪下作為慢慢寫字的座右銘呢！

曾文龍　2005 年 4 月 18 日

崂山神仙

悠悠太湖笑青山
紅紅荷花點佳人
若能隱遁太湖畔
自是神仙崂山派

曾文龍　1992 年 8 月 25 日　中國無錫太湖畔
崂山派劍衡大師

秀州刺客

——去如飛

苗劉之亂，

張魏公在秀州，議舉勤王之師。

一夕獨坐，從者皆寢。

忽一人，持刀立燭後！

張魏公知為刺客，徐問曰：

「豈非苗傅、劉正彥遣汝來殺我乎？」

　曰：「然！」

公曰：「若是則取吾首以去可也！」

　曰：「我亦知書，豈肯為賊用？

　　　況公忠義如此，何忍害公？

　　　恐防閑不嚴，有繼至者，故來相告耳！」

公曰：「欲金帛乎？」

笑曰：「殺公患無財？」

公曰：「然則留事我乎？」

　曰：「有老母在河北，未可留也。」

問其姓名，俛而不答。

攝衣躍而登屋，屋瓦無聲！

時方月明，去如飛！

曾文龍　1994 年 2 月 18 日　晨

大雪紛飛取書

書生李勝常遊洪州西山。
一夕，大雪紛飛。
與處士盧齊及同人五六雪夜共飲。

座中一人偶言：
「雪勢如此，固不可出門也。」
勝曰：「欲何之？吾能往。」
人因曰：「吾有書籍在星子，君能為我取乎？」
勝曰：「可。」乃出門去。

飲未散，攜書而至。
星子至西山，凡三百餘里也！

曾文龍　1994年2月18日　晨

關公與華陀

關公一面與馬良奕棋，
一面伸臂予華陀割「中毒箭」之處。

華陀下刀，割開皮肉，直至於骨，骨上已青！
華陀割骨，悉卒有聲！

帳上帳下見者皆掩面失色！
關公飲酒食肉，談笑奕棋，全無痛苦之色。
須臾，血流盈盈。
華陀刮盡其毒，敷藥，以線縫之。
關公大笑而起，謂眾將曰：
此臂伸舒如故，並無痛矣，先生真神醫也。

華陀曰：
我為醫一世，未嘗見此，
君侯真天神也！

曾文龍　1996 年 6 月 5 日　夜

卷伍

勵志人生

修正姿勢
重整旗鼓
調整眼光
騰飛萬里
2018.12. 曾文龍

凡是努力
必有所得

2021.10.19
曾文龍 台中

一步一印

必然成功

曾文龍

2022.6.8中

各自努力
各自負責
各安其位
互相鼓勵
團結合作
天下太平

天下太平

2018.12.2

曾文龍

方法不对
努力减半

2024.10.19

曾文龍 師→新竹

充电創富

繼續充电
才能繼續創富
參加房地產經紀考試
是最好的充电方法之一
因為要考試
逼我們讀6本法律書
不管讀多讀少
立刻學會
立刻可運用在日常生活

2018.2.12. 曾文龍

加班
就是修行
做的快樂
更是高人

曾文龍　2009年

成就 往上學

悲慘 往下看

劍衡

1993.10.9

站在前人肩上

有工具
有方法
自然站在前人肩上
登高山
賞百花
不走冤枉路
且事半功倍

2018.2.17.大年初二
曾文龍

蓄積能量

創造業績

曾文龍

2022.7

鐵杵磨成針
功到自然成

2021.3.　廖文龍

每個人
都可成為業務高手
只要有熱情
有方法

2018.1 曾文龍

希望大家都賺錢、
大錢小錢落玉盤
希望大家平安健康
把握人生的契機
111、2、14、　大年初14
曾文龍

美貌終會消逝
唯獨智慧與成就
可以與日俱增

曾文龍
2004.1.2

一勤天下
無難事

千鍾百鍊
才成真功

今天不作
明天後悔
曾文龍

公關重要
真誠為本
曾文龍

天道酬勤
人道酬信

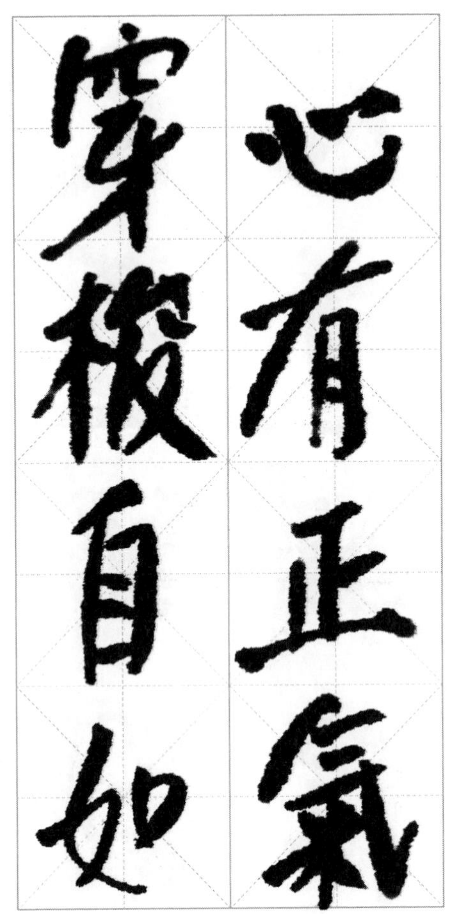
心有正氣
穿梭自如

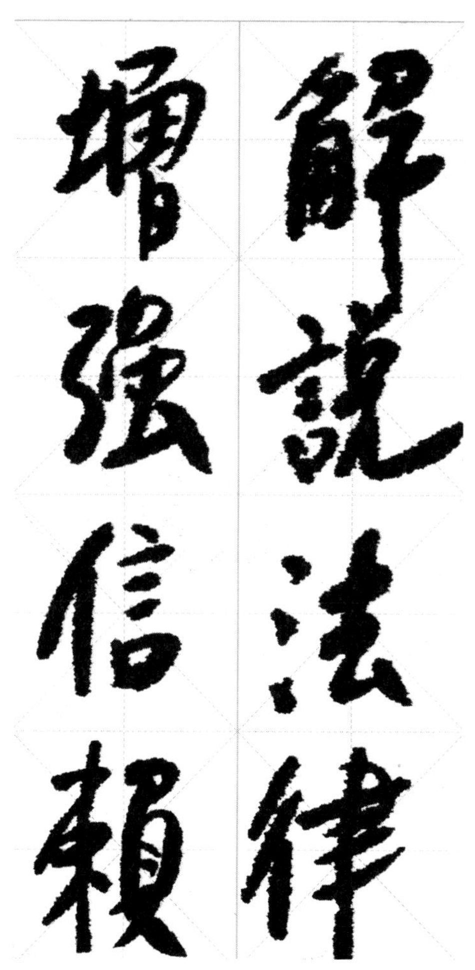
解說法律
增強信賴

法條金條
法條護身

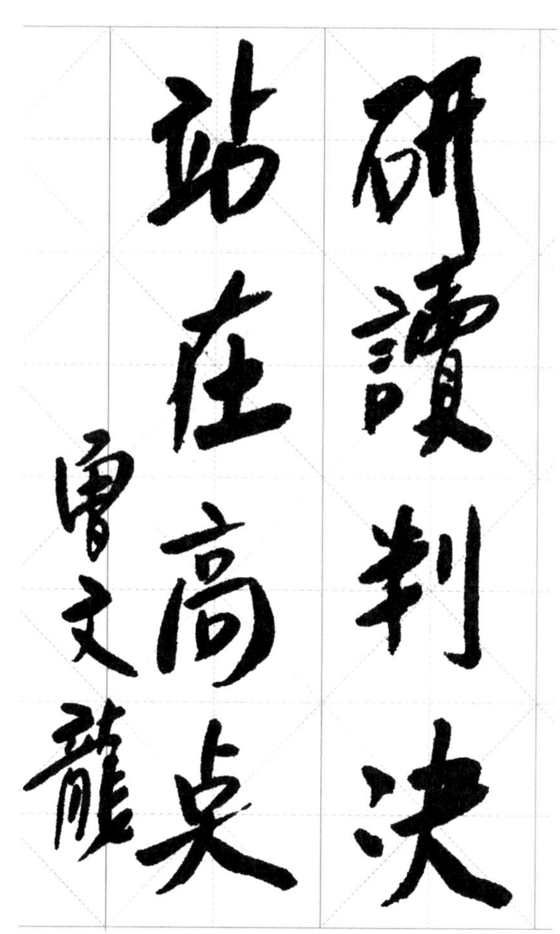
研讀判決
站在高點
曾文龍

修行即是
修正行為

借力使力
四兩撥千

團隊合作
集思廣益

剛柔相濟
創意無限

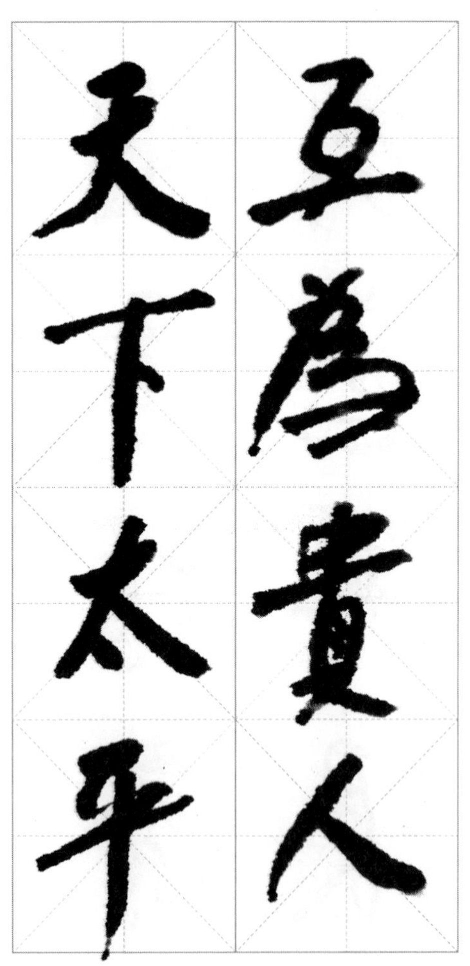
互為貴人
天下太平

熱情
成功之鑰

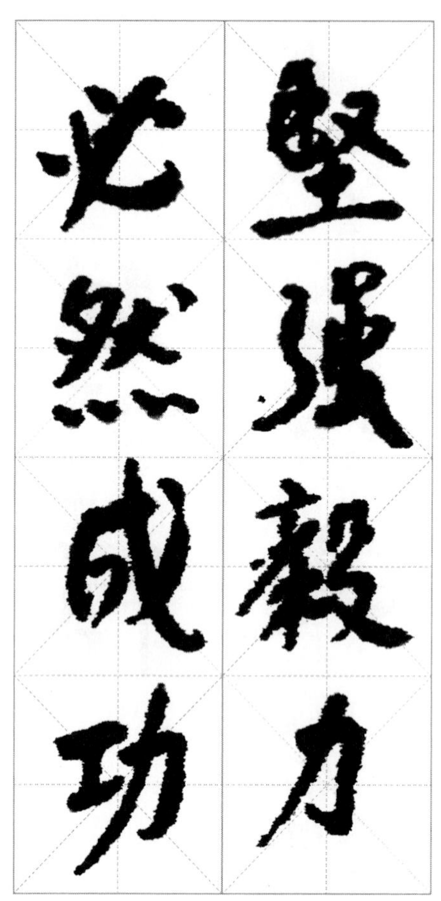
堅強毅力
必然成功

日復一日
充實每天

卷陸

得健康，得天下

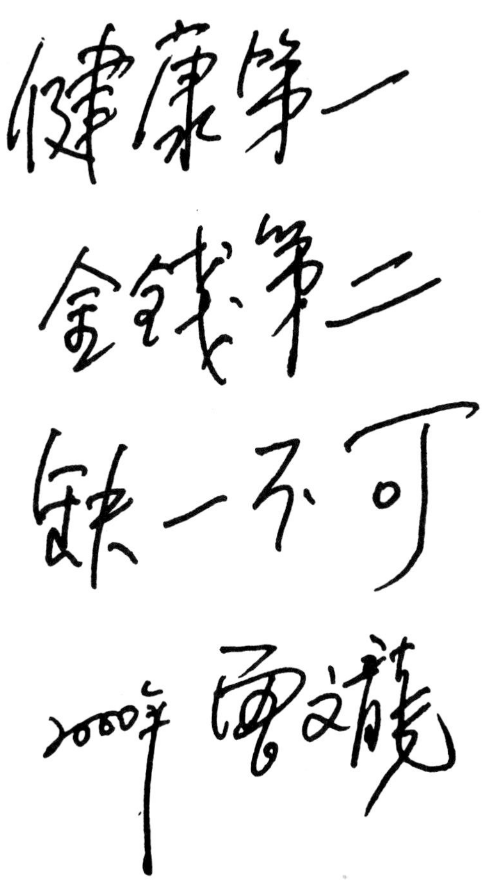
健康第一
金錢第二
缺一不可
2000年

天天走動
自然健康

走路　大學問

走路　大學問
每一步　都是太極
每一步　都是瑜珈
都是修身養性
都是運動　都是健康
悠閒慢步　氣沉丹田
再沉腳底　接大地之深根
頭頂青天　接宇宙之大能

走路　大學問
步步蓮花
而吾人卻　等閒視之了

曾文龍　2006 年 1 月 16 日

慢

能慢的修為
才有智慧
只能快，只會求快
不但易心浮氣躁
而且易撞車

曾文龍　2012 年 5 月 28 日

應傑兄之「走路」

今天上午在開羅會議中心講課，天氣微冷，本想偷懶坐一段計程車回辦公室，但想到應傑老友每天堅持走一萬步的樣子，不禁打消坐計程車之念頭，還是走一段路到國父紀念館捷運站搭車吧！

原來應傑老兄的走路也成了一種典範，影響周邊的人。為了健康與身材，多走路吧！

他的堅持，換得幾十年來永遠的「抬頭挺胸」，換得「老而彌堅」！（一笑）

曾文龍　2005 年 1 月 31 日　晚上 10 點

宜蘭火車回台北，佛光大學教課後

註：王應傑。

每天路跑

路 震動五臟六腑

跑 全身順暢

流汗排毒

2008. 曾文龍

健康自救

只要能健走
就不必健康檢查
只要能登山
就不必健康檢查
醫院的儀器輻射
對身體是有害的
不少人身體還算硬朗
因為去了一趟醫院
竟爾要常常去醫院
悲乎！

曾文龍　2017 年

山之頌

山是父親
如是堅強守護我們
山是母親
如是溫柔呵護我們
山是祖宗
世世代代
給予我們智慧健康寧靜

2015.4.7. 曾文龍 仙跡岩

山

山之子民
即是雨濕
也要朝山

山的兒女
縱使風大
也要回山

雨濕
只須撐傘
就是雨灑
登山者才少
能回復山之寧靜
山路若成市路
那就叫市街了

風大

只須挺穩

就因風大

爬山者才稀

能聆聽山的智慧

山路成了觀光

山也淪陷了

曾文龍　1990 年 1 月 14 日

登山之痛快

登山之旅
總讓人痛快

痛快，還能爬山
珍惜，還能享受—
山所賦予的種種快感
山之青、花之紅、風之爽
雨之灑、葉之搖、人之美
這一切一切、點點事物
都讓我痛快、珍惜
我還能健步如飛呢
我還能擁抱運動之良性循環呢
一切的困阨嘆息，都到青山雲外了

春天了，滿山花紅的杜鵑
一路上，當看到登山朋友時
他們有的已經要下山了

他們有的正要開始呢
我很替他們高興
能享受山之樂
真是最幸福的人了

曾文龍　1994 年 3 月 20 日　碧山

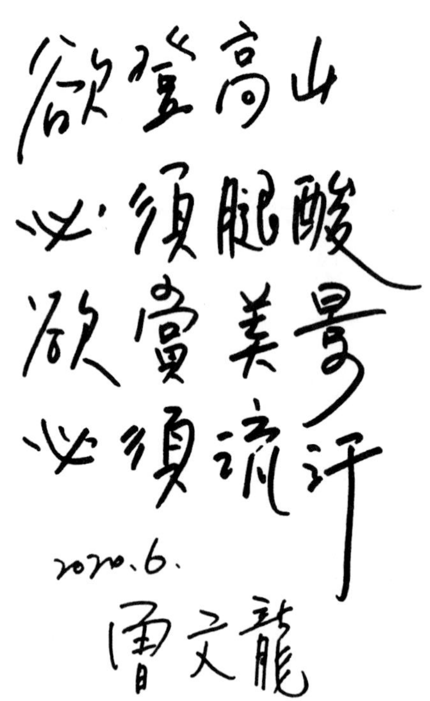

一定要登山

強烈的呼喚
此刻，一定要登山，非假日的清晨

山的子女，再疏忽、再荒廢
也要登山

多年來，一條路，一個人
從事喜悅的獨孤之旅
清晨七點，不能算晚，然而
卻也沿路陸續看到更早的登山人
拜碧山巖，登忠勇山
山頂，卻也不少人了

山的呼吸，山的脈動，山的遠眺
強烈的呼喚，登山吧
是不能抗拒的誘惑！

曾文龍　1996 年 6 月 13 日

給自己安排一個旅行

給自己安排一個旅行
那就是登山
給自己安排一個旅行
那就是路跑
工作也是旅行
聽音樂也是旅行
處處精彩
每天都是旅行
處處充實

曾文龍　2012 年 2 月

鬧區桃花源

仙跡岩
令人嚮往
便捷可達
處處緩坡
蒼翠茂密
到處涼亭
仙樂飄飄
隨時可下山
鬧區桃花源

曾文龍　2017 年 6 月 26 日　晨 5：10

享受山的神祕

山是神祕的
從車水馬龍的街道
轉入山徑
大地立刻安靜
眼前盡是翠綠
偶聞蟬聲
花香飄來
心情立刻也安靜

曾文龍　2018 年 4 月 4 日　晨

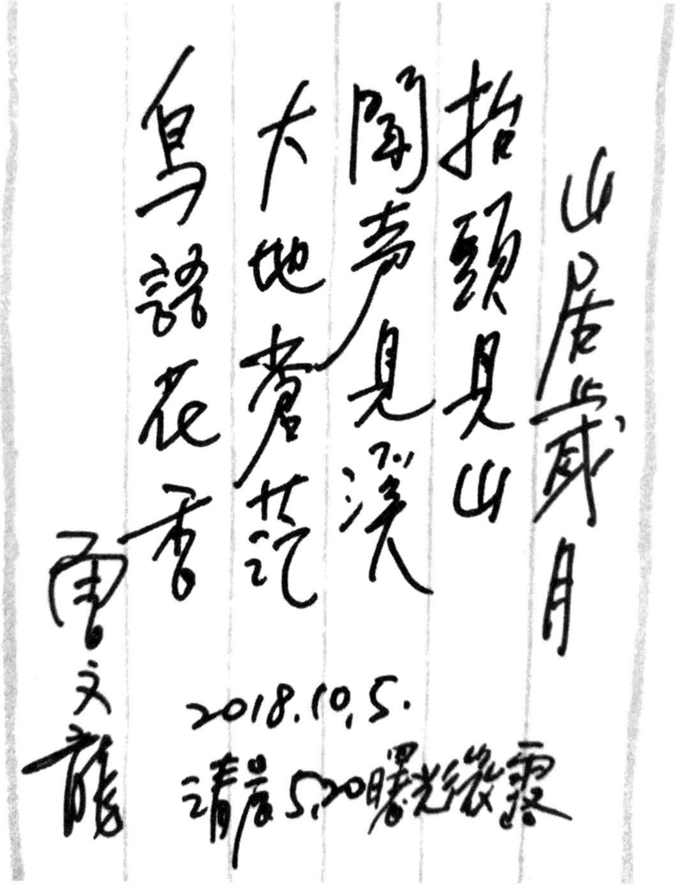

山居歲月

抬頭見山
聞聲見溪
大地書記
鳥語花香

曾文龍
2018.10.5.
清晨5:20曙光後寫

山之朝聖

走進山
就得到山賜予的
多般好處
但談何容易
許多人懶惰怕累
怕喘、怕腿酸、怕流汗
因此
走不進山
無緣朝聖
人生
大抵如此！

曾文龍　2018 年 6 月 6 日

登山樂

三多登山隊
七星草山行
台北第一高
無樹可遮陽
窯烤披薩聚
玉瀧谷續攤
轉眼一天逝
大夢誰先覺
唯有健康高

曾文龍　2020 年 7 月 5 日

再沉一奌
再彭起一些
永無止境

曾文龍 92.3.13

時時中定

意守丹田

92.3.10

參加太極拳教練三天講習歸來

一舉手
一投足
時時刻刻
皆是太極

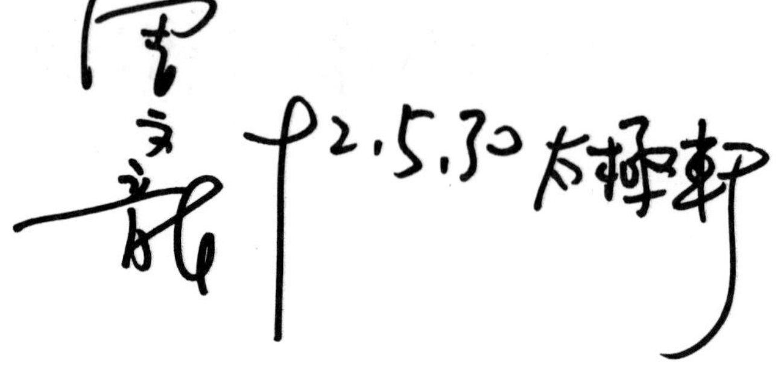

溪邊打太極

溪邊打太極
與溪融一體
太陽忽上昇
遍地灑黃金

曾文龍　2020 年 11 月 26 日

偉大的太極拳

——渾身是手手非手

太極拳，是古中國最有智慧之拳術，「乃以天下之至柔，馳騁天下之至堅」，非以力取人，乃以智取人。然要成為至柔，則須不斷變化氣質，去「輕躁悍銳」，得「沉靜溫穆」，而為彬彬有禮，「慢條斯理」之君子。武功不外露，慈祥自然露，乃真高手也，真儒將也！

曾文龍　2003 年 3 月 9 日

每天晨起

每天晨起
喝熱茶是必要的
喝咖啡是必要的
喝熱開水是必要的
有時混雜運動飲料
也是妙的
如果有的話

曾文龍　2018 年 1 月 7 日　星期天

早起
必成功
睡飽
身体好

曾文龍

2018.2.22大年初七

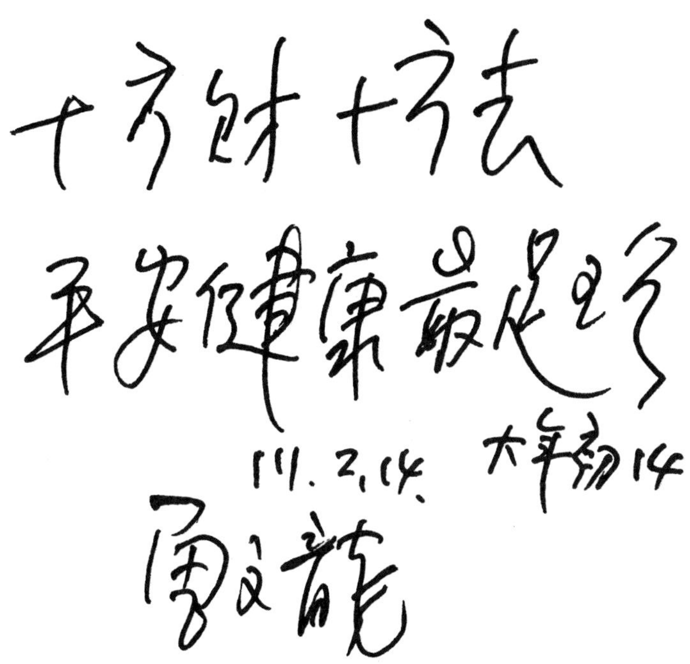

十方財　十方去

平安健康最足珍

多年後猶有人提「拍手功」

——不動產經紀人上課與拍手功

這幾年，偶爾碰到20年前的學生，會問我「老師上課時還作拍手功嗎？」會讓我愣了一下，「拍手功？」19年前20年前的事了！

民國88年冬季，是中華民國第一次考試院舉辦「不動產經紀人」考試，那是非常不景氣的年代，陳水扁首度綠色執政，兩岸常動盪不安。房地產不景氣亦有多年，又碰到法律新規定，公司須雇用考上的「不動產經紀人」方可繼續執業，造成全臺灣不動產業界的緊張與焦慮。那時本人承台灣各地不動產公會之邀，每天坐飛機或坐自強號火車到各縣市教導學員考證照。

一次上課3小時是很辛苦的。那時台灣正風行拍手功，拍掌有利健康，因此每堂課我都會請學員站立起來幾分鐘拍掌100下，為課堂增添活力及有益健康。

每次上課我亦然提醒大家要「正襟危坐，切莫翹腿」，翹腿造成脊椎側彎，改日必得「骨刺」，那就痛不欲生，太不划算了！

這幾年若有碰到 19 年前 20 年前的學生，有些人會跟我提到「拍手功」，年代久遠，有時還真會讓我愣了一下才回神呢！

曾文龍　2018 年

每一年
都精彩
每一天
都把握

2021.9. 曾文龍

卷柒

莫泥手札

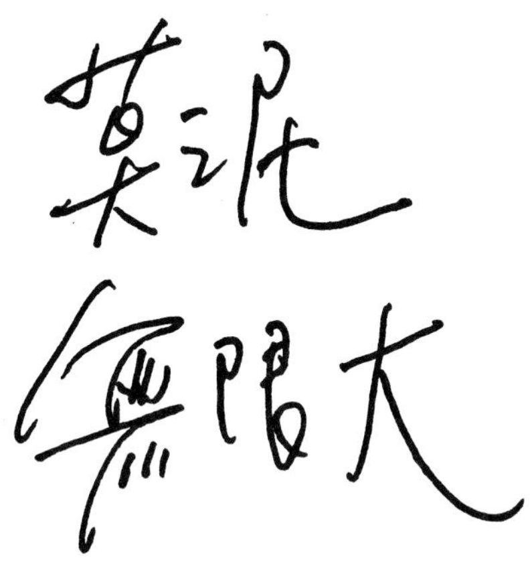

1989年唐文龍

34 歲「太極漫談」

多年來一直想在晨間學打太極拳，然而家裡附近的公園學校都未見有人教太極拳。偶爾看到稀疏幾人在打，但功夫似乎不佳，提不起興趣，免被「誤導」也！最近到三民國小慢跑時（慢跑亦是沒有恆心，兩天打魚，三天曬網），意外之喜的看到一位功夫架式了得的老者（60 多歲），在教一些老者打太極拳、太極刀等，我當然要「迅速」地加入了。

一位老者（據其說已 76 歲，個兒高、腰桿直、反應好，令人佩服！）看到我這位頭頂光禿的新伙伴，笑說「你好年輕，差不多 50 歲吧？」。另一位老者說「沒那麼多啦！（恐怕猜我是 40 餘歲！）害我真不知如何回答真實的年齡才 34 歲！ 50 歲對於 76 歲的老者亦不過是小孩罷了！ 50 歲就 50 歲！反正我較年輕就是了！我不敢想像的是當有一天我 76 歲時，也可以有如他今日一般健朗的模樣嗎？

我從此竟要五點起床！這對於老在七點左右，了不起六點多起床的人來說實在是一件苦差事，還好有鬧鐘叫！老師父說他三點就起床了，他說練功夫要有恆心。他現在仍然每天練，早晚練，學生不去，他仍然照打！他的身體硬朗矯健得連年輕小伙子都無有其匹，天下的道理就這麼簡單，「恆心」兩個字罷了！

身體的健康較之名、較之利要重要得多了，卻常為一般人所疏忽。然而健康的身體亦需要每天動一動，飯都要每天吃，車子都要經常保養、隨時留神，為何獨獨最重要的「玉體」不須每天鍛鍊呢？

曾文龍　1986 年 5 月 4 日

演講與書緣

今晚六時，應永春不動產總部陳永欽總經理之邀，到台中「永春不動產聯盟」演講「快樂的推銷與行銷」。聚餐時，有東興加盟店陳明標先生來認我，說是我十五年前在台中「行銷企劃班」的學生，並說我的著作《房地產乾坤》看了五次，乃啟蒙書，並因而賺錢云云。

讀了五次，聞之令人動容！

另有千喜加盟店童國良先生，拿出口袋中八年前的電話簿，上記有《誰來征服房地產》、《不動產行銷學》、《曾文龍著》等字，有人介紹為必讀書云云。泛黃與褪色的字跡，保留至今，令人感動。

歲月飄失，多少年前的書與往事了，這些書，書店已不易見了，該重新修訂了。

曾文龍　1990 年 10 月 11 日　晚上 09：55

火車上　台中往台北

很好笑

最近到福華飯店參加「建築交集會」之記者聯誼餐會，工商時報名記者蔡惠芳正坐在我旁邊。

她說去年選台北市長時，陳水扁到世貿聯誼社「動不動聯誼會」演講拉票後，聽到我的即席演講，差一點把肚皮都笑破！每次收到「現代地政」雜誌時，皆先看我的專欄。

聽我演講好笑應為事實，但聽到快笑破肚皮，倒是第一次耳聞！

能給人歡笑，也是我的喜悅。

曾文龍　1995 年 10 月 15 日

房地產與旅行

做房地產，想想也滿好玩的。

為了瞭解某一塊工地，常常會來到未曾走過的地方。

這樣的新鮮感，就像旅行到一個新奇的地方。

今晨七點多，我已到了永和的環河西路。

永和雖不陌生，但環西路對我卻未曾踏過，以前開車走過環河快速道路，卻未曾下環河西路。這樣陌生的道路，總覺得屬於永和邊陲。然而看地圖，卻最貼近台北，跨中正橋即是台北，商機突湧。

它又貼近永和的心臟，聞名的永和市永和豆漿，就在鄰近。

我在環河西路的巷弄穿梭，亦驚訝於房屋的密集（亦雜亂），老舊房子不少。人口密集，商機亦現。

房地產就是這麼好玩。

帶你東西南北，浪跡天涯！

曾文龍　1995 年 12 月 23 日

晨，永和豆漿店，權用小便條紙快寫。

搭飛機花蓮教書

小飛機（復興航空）往花蓮，似乎讓人不大安心。

但有何選擇？兩個多月來，一分一秒，湊得這樣不夠。

昨天小颱風走了，今天白雲日麗。花蓮公會林熾源常務理事說：「運氣好」！

是的，坐在花蓮機場用餐，高巒、藍天、透明的空氣，令人不勝欣悅。要林先生不用趕來接我，讓他去忙今天開訓的事（夠忙了）。容我換一個空間，換一個場所，在機場好整以暇，也忙我的東南西北。

人生啊，奧秘何在？

且容我以無限的謙卑，無限的感恩，把握時光之剎那，把握老天爺所賜的無限潛能！

曾文龍　1999 年 9 月 4 日　13：10

花蓮機場餐廳

921大地震後，到台中教書

夜宿全國大飯店（因到台中教書，風雨不穩，飛機delay30分，竟巧初識鄭石岩教授，初遇馬英九……於小小飛機），抽屜竟置有《三民主義》，讀孫文原筆跡之自序，自傳之一部分，撫今追昔，民生問題、土地問題、民權主義……，而台事如麻，頗有感慨！

既亡矣，皆死矣，不論賢良忠劣。

人生大夢，何來何去！

曾文龍　1999年10月17日　晨5：30

全國大飯店日本客甚多，921大地震後，日本人已消失矣，哀！

二十幾年站著煎餅的老林

早上到八德路，突然想到巷子的「四海一家」老林，是否還站在門口煎餅。似有數年沒去了，每次去，他都站在那裡煎餅，又厚又好吃、與眾不同的蔥油餅，他永遠堅守崗位，令人佩服的緊！

果然還站在那裡！一陣竊喜。二十幾年了，永遠挺在餐廳門口！當初俊俏的臉龐，此次已看到蒼老了。歲月啊！印證下，果然 51 歲了。我頂著光頭笑問他：當初認識時，我是否很多頭髮？他笑著點頭。那樸直憨厚的笑容！

我不只想去看他，還想念那異常美味、價廉物美的厚大蔥油餅！他堅持請我吃。朋友，果然是老的好！

二十幾年堅守崗位，循規蹈矩，這才令人真感動啊！

曾文龍　2002 年 12 月 24 日

飛鴿傳書（急飛）

嶗山派諸山長老、怪客、俠女、道友：

一、89 年 12 月 15 日（星期五）之「嶗山派歲末論劍」擬擴大舉辦為一天半。

二、茲因革命實踐研究院「仲介業黃埔一期聯誼會」中有部分會員，亦為我嶗山派會友，革實院將舉辦的自強活動為 89 年 14 日～ 15 日（一天半），為了會友方便，乃接受建議合辦本次聚會。

三、活動行程詳如附件。本次活動每人 3100 元，嶗山派會友除了原來之「盤纏每人 300 元」之外，不足之 2800 元，全數由「黃埔一期聯誼會」孫會長贊助，特此致謝。

四、請嶗山會友立即傳真告知，以利訂房、交通等事。

嶗山掌門　劍衡大師

2000 年 12 月 11 日

傳真回條（請即回傳）

TO：嶗山派	傳真：(02)2781-3202
	電話：(02)2721-9527
RE：本山人決定	
□參加	
□不參加	簽名：＿＿＿＿＿＿

P.S. 嶗山大老（張信雄）最近捎來信息，歡迎大家到沙嶗越找他遊玩。

巧認

早上在忠孝東路聖瑪莉吃早餐（100 元），乃為了趕一篇專欄。

另外一邊有一群人，似在早餐會報，他們離開時，認出我來，發出驚喜聲。

太平洋房屋忠孝店孔繁堂店長直呼我「行銷大師」、「名嘴」，說店裡還有我的書。陳建春小姐說上過我不動產營業員的課，直呼「老師」，還提到我在課堂上講過自己「暈眩」的事。

三十年來，我犧牲玩樂，一字一字刻出來的著作，其影響力也算無遠弗屆了！

我的講課，讓許多人「如沐春風」，如同「佈道」，或似「開示」，應也為這個混濁的社會，帶來一絲清涼吧！

曾文龍　2004 年 3 月 2 日

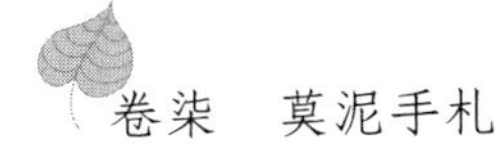

Feeling

氣氛的問題。

人而感情，氣氛好，一切 OK。

氣氛不好，天王老子，照樣翻臉！

洋人說 feeling，就是 feeling 的問題。

能處理氣氛，即是高手。

能創造氣氛，高手之高。

跟著感覺走，不能說沒有道理。

人啊人，亦屬不能自己！

曾文龍　2004 年 11 月 12 日下午 15：00

點滴可記

記下我的點點滴滴，記下一切所思、所想，一切的點點滴滴，只要有空、有氣氛、有 feeling，也是順緣。

寫給誰看，無所謂。

留待他日回憶今日，亦屬溫馨。

記下吧！隨緣而寫，無所為而寫。

恰若行雲，亦若流水，自自然然，隨時感恩、感懷。

曾文龍　2004 年 11 月 12 日

下午 03：05　高雄愛河畔

翹腳、正襟危坐

翹腳，到處皆看到翹腳。

特別是小姐、時髦仕女，最愛翹腳。

以為如此比較摩登，或較有韻味。

卻不知，大錯特錯了！

一翹，身體歪了，久而久之，脊椎歪了、骨骼歪了，進而壓迫神經，日積月累，百病叢生，治不好、斷不了根，甚而，找不到病因。

進而言之，看電視、坐沙發、喝咖啡，東倒西歪，自以為休閒、舒適、酷性，同樣是自戕的動作。

古人說「正襟危坐」，打坐直直，卻反而神清氣爽，天下的大道理、大健康，卻在這樣笨拙單調的姿勢！

天下人幾人重視?!幾人能知?!

曾文龍　2004 年 11 月 12 日

江河長萬里

走到哪裡，寫到哪裡。

咖啡店、速食店、餐廳、圖書館、馬路邊、山上、飛機上……皆無不能寫。

不限時、不限地。

非為投稿，非為寫書。

但有一天，點滴累積，或亦能匯成江河。

曾文龍　2004 年 11 月 12 日　下午 3：45

高雄愛河畔

緣分

你必須相信，有緣分才會碰在一起。

無緣的，三輩子也碰不了。

過年到印尼峇里島，回台時，桃園中正機場大濃霧，下不去，竟眼睜睜看著華航大飛機，高遠而去，有家歸不得，那種感覺，很不是滋味！最後，竟然降落高雄機場！天哪！生平第一次難得的怪經驗。華航地勤服務亂，機場吵翻天了。

隔日，坐捷運。隔壁竟然坐著同機的華航空姐。哪會這麼巧?!她們當晚被迫住金典酒店（不錯的高檔飯店！）。匆匆下車時，我問她貴姓。曰：「危險的危。」危險的危？有此姓？一愣！可惜沒什麼聊到。

再隔日，到晉江街，轉南昌路，竟看到熟悉的夫妻檔。我跟他們點頭、微笑。他們一愣，對著我茫然：「好像看過，想不起來！」我說：「在峇里島！」他們還是茫然，「不同團，同景點。」他們恍然大悟而笑，並說：「旅行社送的光碟是別團的，送錯了。」似乎認為我也拿錯了，拿到他們的。我笑笑，也許吧，但還沒看。（我已忘了這檔事）我說若有錯，再互換。匆匆擦身而過了，又回頭互留名片。看了名片，又是一愣。在峇里島時，總覺得這位老兄胖得醒目又可愛，原來他的名片就直接標明他是「阿豹家族」的「肥豹」！

原來他叫「肥豹」！（應該還有瘦豹？）確實幽默可愛極了！

曾文龍　2005 年 2 月 12 日　大年初四

比太陽更光

今年二月十四日（星期一），大年初六。全國上班了，學生上課了，萬事萬物皆全新啟動了！

諸神垂鑒，感恩天地，容許我聆聽一首港人創作，黃飛鴻電影主題曲「男兒當自強」為全新的一年啟開新的序幕！

好個「傲氣面對萬重浪，熱血係那紅日光，膽似鐵打，骨如精鋼，胸襟百千丈，眼光萬里長……，熱血男兒漢，比太陽更光！」

好個「用我百點熱，耀出千分光，做個好漢子，熱血熱腸熱，比太陽更光」！

黃霑已矣，然而他的創作「男兒當自強」將永流千古！

曾文龍　2005 年 2 月 14 日

讀席慕蓉的新書

在明亮簡寬的捷運地下街

在明亮只有一張咖啡桌的「堂本家」泡芙

且暫歇讀一本剛買的新書《我摺疊著我的愛》

肯定是一種享受，一種幸福。

這本書，我考慮了一下下，就買了。

因為「當年，席慕蓉的詩，和你的青春，就像暖暖的一杯茶，揉冬為詩」。

是的「每當新的觸動來臨，我們還是會放下一切，不聽任何勸告，只想用自身全部的熱情再去寫一首詩」。

是的，因而，在吃完鍋貼回辦公室續百忙的順便散步，在中途，我坐下，我掏錢，讀一本似可稱為「老友」的席慕蓉的一本新書，並稱讚她。

2005 年 3 月 3 日　19：30

搭夜車趕赴高雄之剎那

俄文‧「異國」‧早午餐

上午 11 點，早餐未吃，下午 1 點要上竟然都尚未準備的緊張俄文課前，匆忙走入 Les Amis 餐廳，點一客早午餐（西班牙蛋捲），並「偷看」聯合報，背誦俄文。

在五十年來最冷台灣到處飄雪的春季，幸運陽光潑灑在透亮的玻璃窗外，耳際不斷傳來西洋輕音樂，隔鄰並間雜略嫌吵雜的洋人 talking，雖然時光如此擠壓，工作超級繁重與複雜與多元多重，但是心情愉快極了，心思感恩極了，竟然開始喜歡俄文了，在西洋音樂中，在餐廳異國風味裝飾中，彷彿，置身異國。

曾文龍　2005 年 3 月 6 日　12：30

Les Amis‧覓食餐廳

我的休息

跟朋友聚餐、喝咖啡，我說，我現在就在休息了！

我的休息、娛樂，常與工作是同步的，是渾然一體的，是多元並進的。

如同此刻，正坐火車到文化大學台中分部教授「土地利用法規」，在搖晃的車上，我亦然欣其所由，接受靈感之剎那，記下這些生活的點點滴滴。

曾文龍　2005 年 3 月 11 日　10：30　桃園往台中

民生社區的懷舊

今日下午抽一點空到海基會聽「兩岸經貿」論壇，也是好奇海基會的會議廳長啥樣子。在民生東路三段靠敦化北路，原來是在好氣派的大樓，好大的中庭。又如何！用的錢還不是民脂民膏！「當學生最快樂了！」，昨晚，我的桃園學生林代書如是說。（53 歲，共有土地及祭祀公業土地、土地變更專家，40 歲開賓士）確是，低調的人有福了！

晚上 6：40，台北還要教課，5 點多提早從海基會出來，忽望街景，一陣迷惘，這不正是二十幾年前我住的民生社區及上班的 American Banking Tower 嗎？老友楊老闆（也住民生社區）曾說，從民生東路開車到了敦化北路，穿越兩邊角地大樓像穿越大峽谷。二十多年前的事了，他並未想到未來會蓋 40 樓、85 樓、101 樓之事。而曾是三鐵健將的好友都因病死了十多年了，他的年輕貌美、模特兒太太亦在更早遠走高飛了。好憨厚的一位老闆！他常說：「不試怎知！」哀哉！卻失敗的多，從好背景到事業一直往下墜。有些事，何必試？

（這是我年輕時常有的狐疑）

暫不坐車了，沿著民生社區一直走，好懷舊啊！余光中詩：

「一雙鞋　能踢幾條街？一雙腳　能換幾次鞋？」

感嘆！

曾文龍　2005 年 8 月 17 日　18：00

小歇泡沫紅茶店

歷史是一抹鴻溝

歷史是一抹鴻溝
終將是硬了、軟了、水了、沒水；
終將是衝動、後悔、甜蜜、衝突、無聊、歡暢……
無盡的循環

歷史是短短陽木
只要無盡的深掘，即能綿延萬代
留下短短陽木
供人憑弔　到處
一切青史盡成灰
什麼豐功偉業
不過一壺酒　笑話一場
聊讚「喜相逢」

看看動植物吧　啥也沒做
工作、貸款、買車、買衣、愛漂亮……
對它們　多麼無聊的舉動！

但是萬物俱在　萬魚俱在　萬鳥俱在　萬花俱在
卻成就了山、海洋、沙漠　多少奇觀！
歷史是一抹鴻溝、陽木、無盡的循環、流傳
作同樣的事，罷了！

曾文龍　2005 年 9 月 1 日　清晨五點，
強颱再來！今年夠水扁了！夠了！

老歌與父親

今晨想聽陌生的歌「漂浪之女」，卻喜是熟悉的兒時曾聽的老歌。並因而想到過世的老爹。想到那段苦難的歲月，想到那段一齊做工患難的歲月。

父親早已往生，甚至二十幾年前因中風不但不能高歌，連語言皆不能。對他，這是多大的痛、無法言喻的痛！

我以台東的一個鄉下小孩，隨同父親「跑路」來到最繁華、最茫然、最舉目無親的台北。如今能有一席之地，並有些持續的影響力。然而懷念長輩，那段酸甜倉惶的歲月，只能寄望聽老歌曲了。

曾文龍　2005 年 9 月 25 日

父親的背影

朱自清与父親別離南京
寫他的背影
混入來來往往的人裏
再找不著了
我便進來坐下
眼淚又來了

2018.10.30 澳門
曾文龍

台東憶

原民歌舞咚咚響，
遙想兒時憶童年。
時光倒流五十載，
人生愁喜當放歌！

曾文龍　2006 年 1 月 6 日
晚上，那路灣飯店

參加台東不動產仲介公會陳又新、陳茂盛新舊理事長交接典禮，並演講「溫泉法」10 分鐘（全世界最短的法律新知講課），得到眾多好評與回響——「短而美」、「短而爽」、「意猶未盡」、「風格奇特」……。

童年的蓮霧樹

近日忽見
公園有兩大蓮霧樹
果實纍纍滿地落
忽憶馬家海童年
無法忘懷的蓮霧樹

曾文龍　1999 年 6 月 17 日

註：馬家海在台東，山地人多

珍惜

看到公司各式各樣的書，不同的年代、不同的作者、變動的頭銜，到處都是歲月的痕跡。

二十幾年的心血，這邊繞繞，那邊望望，撫今追昔，總是心靈特別的溫暖、豐潤。

特別珍惜這些過往的奮鬥，一片書架、一間倉庫，足讓我足不出戶！

曾文龍　2006 年 2 月 4 日

余光中的字跡

前兩日匆忙翻報，忽瞥余光中的詩在聯合副刊，字體清奇整潔，一絲不苟的登在報紙。

我跟友人說：「他的字跡比打字還漂亮呢！打字還比他醜呢！」

今日在火車上寫此文，忽而感到慚愧，我的文章都要請人打字，潦草到打字的人還常看不懂呢！我竟爾把這些痛苦加諸他人身上，有時自己也看不懂，自作自受！

我的修養未到，不能耐下心，一筆一劃，美其名龍飛鳳舞。

我當把余光中的詩剪下，放大，置座右銘，引以為戒，望能師法之！

曾文龍　2006 年 3 月 11 日　11：00

桃園到台中教書

紅潮淹沒

紅潮淹沒
把貪腐淹沒
重新撿拾
老而彌新的禮義廉恥

紅潮淹沒
淹沒的不僅是陳水扁
更是對不公不義　長久的鬱結與憤怒

紅潮淹沒
原來只在　最具象徵性的
凱達格蘭大道　繼而被逼入
四方匯集的台北火車站

紅潮淹沒　紅花雨響起
十月十日天下圍攻
紅潮加倍淹沒　加倍
並突而轉向
台北最富庶的忠孝東路

最 fashion 頂尖的忠孝東路四段
忠孝東路住民、店家
熱烈以手勢歡迎紅潮大隊……
……南京東路、敦化南路淹沒啊，紅潮
世界奇觀呵，紅潮淹沒
淹沒在車水馬龍的忠孝東路
匯聚成紅色巨龍
紅色河流　滾滾向前！

表面卻像極了嘉年華會　小孩、小狗、夫妻、學生、老師、老人、全家、全公司
沒有顏色　沒有政黨　沒有宗教
只有一個意識　打倒貪腐
那無堅不摧四面八方的點滴匯聚

打倒所有的不公不義
大盜之行也，天下圍攻！
讓古老而溫熱的禮義廉恥
重現　曾經美好的福爾摩沙！

曾文龍　2006 年 10 月 10 日　17：30
在忠孝東路四段、SOGO 百貨對街歡迎及觀察 90 分鐘

我的求學生涯

我讀台東市仁愛國小，那時大家都很窮，打赤腳上學的很多，有球鞋穿算有錢人了。

我小學成績好，保送台東初中（那時初中都要考試，只有六年義務教育）。每次註冊費都是惡夢，因家裡窮，東張西羅甚至到當鋪當東西。我哥哥因而沒法讀高職，只讀一年就被迫休學了。

我初中成績好，保送台東高中（那時有保送制度）。那是台東第一志願最好的學校（今天仍是）。可惜只讀半學期，因舉家已先遷移台北，因為父親生意失敗。因此高一上學期我暫住台東外祖母家，然後辦退學，坐免費大貨運卡車（親戚是卡車司機），一路顛簸到台北（走縱貫道省道），那時沒有高速公路，到台北才知全家與工人住在 8 坪的房子（延平北路），8 坪是一樓油漆行店面的後面有一間小小房間，因此大部分人都住夾層閣樓，要爬很陡的樓梯，才到二樓（閣樓），但沒有我的床位，我住房子外面臨時加蓋的狹窄木板，睡一張小榻榻米，上面擺小桌子讀書，每天放學桌子油膩膩的，因下面是隔壁鄰居外面的廚房，油煙往上飄。

當時不知應先到台北參加高中的插班考試，免得沒考上，台東高中又已退學，就沒學校讀了。也不知鄉下人自己苦讀，竟爾考上台北名校一成功高中，那時成功高中的乙丁組是數一數二的。

那時假日常到孔廟站著念書或打工，因小小圖書館常常客滿。在孔廟度過兩年半，那時常有外國人來觀光，就鼓起勇氣講英文。每天晚上皆在八坪閣樓外面爬進小桌讀書，外面圍牆常有一隻貓看著我。

小榻榻米坐久了，就凹成一個洞。

那時胃腸不好時，就自己看書作簡單的據說可治療胃腸的瑜珈招式。

成功高中畢業，我們有 6 個同學考得最好，1 人上台大，3 人上政大及其他（我是唯一沒錢補習的）。

我當初應選師大，但沒人告訴我，讀師大不但免費還有零用錢，畢業還保證當老師。

往事悠悠……

曾文龍　2016 年 4 月 16 日

夢回成功高中籃球場

並非夢回，36年後，96年3月2日晚上8點，真的走進母校成功高中，走入小小校園（竟有3000多學生、24班）。四周教室圍起的唯一空地，即是籃球場與跑道。

39年前，我在台東高中唸完一學期，當時幸蒙保送高中，可惜因舉家遷移台北，我糊里糊塗即辦轉學，然後隻身坐大卡車免費到台北，然後插班考試，幸而考上成功高中名校，開始我鄉下人進城的故事。

今晚7點半，在仁愛路一段青少年活動中心聚會後，竟爾走到紹興南路（想走不常走的路），竟爾忽憶起那段高中歲月。摸到成功高中門口，幸運的尚有燈、且能進入（因尚有晚自習），一路摸黑懷念成功高中的兩年半歲月。

想到或能略盡綿薄，捐清寒獎學金，抄下校長大名走回校門口，竟爾校長車子到，並且門口全部主管皆在，互換名片、自我介紹，實在太幸運了⋯⋯。

曾文龍　2007年3月2日　晚11：15

劉輝長大哥的桃園回憶

每次到了桃園火車站，都是趕坐計程車到桃園縣政府勞工育樂中心教書。今天中午走出桃園火車站時，突然注意到一部免費公車是往桃園縣政府，就上去試坐看看。怕有耽擱，還是不放心的問司機說：「有到桃園縣政府嗎？」（現已升格直轄市為桃園市政府）「要多久時間？」

司機不以為然的說：「一下子吧！」於是安心的坐著免費公車。

突然想到劉大哥，這應該是他每次到勞工育樂中心帶不動產營業員證照班每次坐的車啊！可以免費乘坐又方便，當然要坐啊！心裡不禁一陣酸，好好的一個人就這樣消失了！被醫院開刀誤殺了！

到了桃園市政府，只剩半小時可吃午餐，突然想到市政府地下室應有福利餐廳可用餐，立即走到地下室，果然如此，還有賣衣服、特產、理髮廳，很熱鬧，又想到劉大哥，現在已沒機會告訴他，這兒有方便的福利餐廳呢！

好好的一個人，進了醫院開刀房，就這樣開刀失敗了！走了！醫院根本不需要開刀，開刀只是想賺錢而已！悲乎！

曾文龍　2015 年 1 月 21 日　桃園縣政府

路邊攤蔥油餅養大四個小孩

很久沒有在台北木新市場外路邊攤買蔥油餅了，一位辛苦的媽媽在賣，多年前常去捧場。

今天特別再去光顧，週日人多看她正忙碌不堪，旁邊一個戴眼鏡的秀氣小孩在幫忙。

「小孩長這麼高了?!」

媽媽笑一下。

「一共幾個？」

「兩對。」

「其他皆女生？」幾年前看過小女孩常幫忙。

「兩男兩女。」

這真是太辛苦了！蔥油餅路邊攤竟然拉拔了 4 個小孩！不禁一陣心酸。

人生就是如此，沒什麼了不起，過日子罷了！求平安罷了！

什麼大道理?!什麼各路教派?!什麼表面的光環?!每人總要先填飽肚子最為重要，並進而企求平安健康。

台灣僅有 2300 萬人口，日日吵雜不休！一個不團

結而藍綠分裂的國家！

中國 13 億人口，一個北京就 2400 萬人！真不知怎麼養活的！這麼龐大的國家！

曾文龍　2015 年 1 月 25 日

看到辛苦人，總會心痛

洽公中，在松江路、長安東路口看到一辛苦人在寒風中一直站著賣口香糖、牛奶糖……，想捧場，已擦身而過，轉頭，看他孤獨纖瘦的身影，無人光顧，心不忍，再回頭找他買。寒風冷颼颼，却看他連外套都沒穿，問他「不冷嗎？怎不穿外套？」答「不冷……」天哪！不冷嗎？沒外套穿嗎？……

每次，看到辛苦人，想到辛苦人，總會心痛！

我也曾經，許多人也曾經，走過坎坷辛苦路……

人生，總是苦多於樂啊！

因此，再苦也要想辦法苦中作樂啊！

曾文龍　2009 年 12 月 30 日　11：30

長安東路 STARBUCKS 星巴克

與李敖大師見面三次的回憶

20 年前每個週日早晨，我常到仁愛國小打太極拳，有一次路過東豐街「小歇」早餐店，第一次看見李敖大師，站著閒聊幾分鐘。事後看到李大師拿起紙筆記載，我內心嚇了一下，佩服李大師的做學問功力。

第二次在忠孝東路 4 段我的辦公室附近又不期而遇李大師，又開心地聊了幾分鐘。

第三次應是民國 88 年，某一天晚上在敦化南路，李大師的住宅樓下又不期而遇。我問說：「這麼晚了要去哪裡？」李大師回答：「要去買養樂多給小孩吃，小孩還小。」我說：「在你住宅對面某大樓教室，我正在主辦第一屆不動產經紀人考照班，其中有一科需要教國文，看李大哥有沒有空走到對面去教？」李大師笑笑回答：「怎麼可能！」

前幾年我跟出版公會到大陸參加中國書展，順便到哈爾濱旅遊，哈爾濱李岩書記託我能不能把李敖大師帶回哈爾濱走一走。李岩說，李敖是哈爾濱人，9 歲離鄉，熱烈歡迎李敖大師可以回到故鄉走走看看。

曾文龍　2016 年 1 月 15 日　台北

中午日記

快一點了，中午吃甚麼？

突然想到 MARK 餐廳。

一定要坐外面，看遠山、小公園。

然而大中午熱了，裡面沒冷氣、沒一個客人。

先到福勝文具店買 2 支日本中性筆才好寫字，漲了，一支 50 元。

昨天在公司附近買才 43 元，無所謂。

還是到 Naan & Pizza，環境優雅，滿滿的人。

點了咖哩鮮蔬炒飯、蘑菇湯，40 元可樂飲料。

我要走簡約、慢活、追求正確姿勢，繼續運動。

若能每天唱歌、跳舞、聽歌、音樂，

那真是我的人間天堂了。

我的《人間天堂》小書，

竟然一位大律師在 20 年前買了，

最近在群組與我相認，

大律師覺得我太有才了！

愧不敢當啊！

當再精進！

曾文龍　2017 年 4 月 30 日　木柵

政大即是故鄉

之一

快步往政大
許久未能去
私房菜先達
權當小晚餐

之二

往事悠悠回
十九讀政大
頭髮黑又長
滿腔熱血衝

之三

今日書局竟還在
政大烤場赫在旁

書籍有人買？

老闆苦瓜臉！

曾文龍　2017 年 5 月 7 日

木柵指南路二段　政治大學

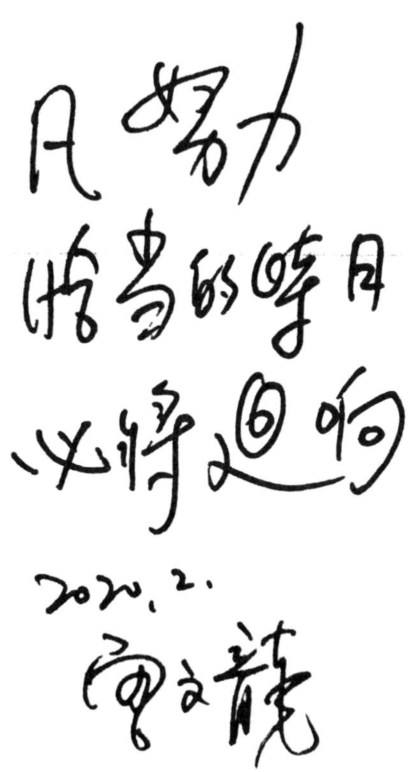

老同學是一道光芒，永恆照射

政大地政系呂蘭芳同學，一直在桃園地區擔任公職，擔任過地政事務所主任，畢業後幾乎沒有連絡，很少有機會碰面。十幾年前有一天早上，我到平鎮青少年活動中心教書，上課前一大早碰到老同學呂蘭芳，大家非常開心。我說妳一大早跑來這裡幹嘛？她很開心地說：「我已經退休了，來跟婆婆媽媽一起運動！」她開心，我聽了也開心。老同學雖然不常見面，但像是一道光芒，永恆照射。

呂蘭芳老公葉秀榮局長也是地政系學長，從小小兒麻痺，是困苦成功的典範。擔任過桃園縣政府地政局局長、城鄉局局長。退休後，被吳志揚縣長延攬擔任桃園縣政府秘書長。我跟學長不熟，也沒有往來，有一次我到桃園縣政府某單位教書，路過城鄉局的辦公室，特別走進去問候學長，看學長在不在。葉局長正在吃中午的便當，大家雖然不熟，但是突然見面，也都非常地開心。我馬上要離開的時候，葉局長不良於行，拄著拐杖，堅持親自送我到門口，那個場景至今令人感佩！

老同學是一道光芒，永恆照射！

曾文龍　2021 年 5 月 26 日

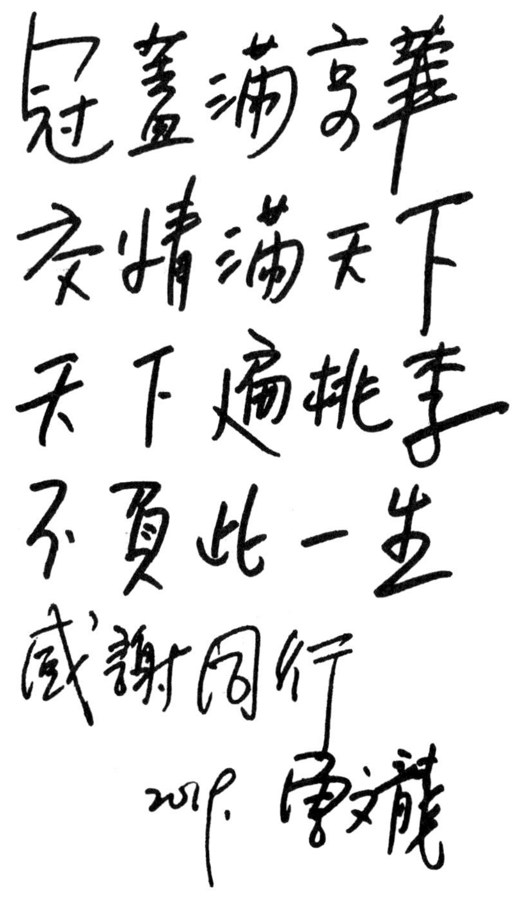
冠蓋滿京華
交情滿天下
天下遍桃李
不負此一生
感謝同行
2021. 曾文龍

中國與台灣（日記）

「今天去哪裡？」
「下午去溫州」
「台北有直飛溫州？」
「有，台北機場」
突然想到
台北有溫州街
大陸有什麼
我們就有什麼
前年山東代表團拜訪我
我立刻提到濟南路
並說路雖小，但房價高
上月第一次到河南南陽
諸葛亮躬耕於南陽
立刻想到台北補習街南陽街

大陸有什麼
我們就有什麼

中國推出「一帶一路」

台灣也推出「一例一休」

曾文龍　2018 年 1 月 14 日　下午往溫州

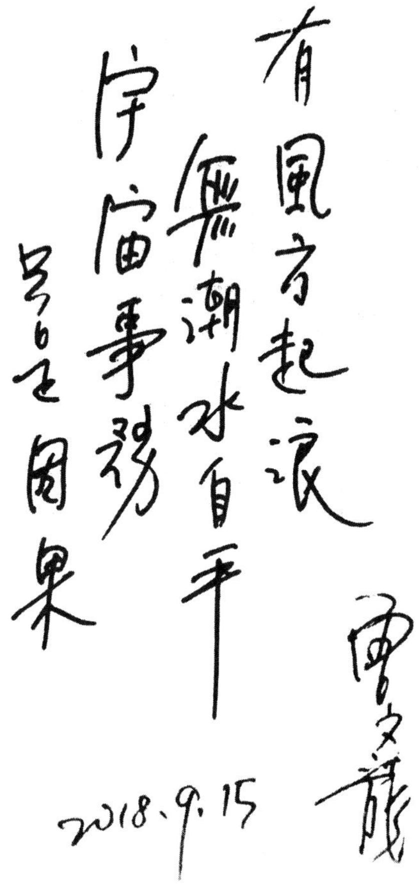

台北與溫州

上午喝了兩次
溫州酒店帶回台灣的咖啡
如同，還在溫州

溫州的餘溫還在
因此，喝了兩杯
匆匆溫州行
其實並不在溫州市區
都在龍港工業區

無妨
台北也有溫州街

曾文龍　2018 年 1 月 17 日

書店一間一間虛設

「書沒人買，只是擺好看的？」

「是的，做健康的」老闆苦笑！

這位書店文具行的老闆已做 37 年了！

「雜誌也沒人買？」

「是的，好一點點！」

「這個有名週刊一期賣幾本？」

「一、二本」

天！太慘了！

「雜誌也是擺好看的？」

「是的，做健康的」

有點事做才健康，老朋友來可聊天，生活有趣啊！

「賺得到工錢嗎？」

老闆搖頭。

「只賺到房租」

還好房子自己的，不然哪租得起！

「房子可租多少？」

「6 萬多」

曾文龍　2018 年 1 月 17 日

新生南路的河流、重慶南路的書店，都消失了

民國 60 幾年，我坐公車經過台北市新生南路，一路到木柵政治大學讀書，那個時候的新生南路是一條美麗的河流，兩旁有美麗的樹木，可惜後來被柏油蓋住了，河流讓路給汽車了。金門對岸的廈門高樓大廈林立，越來越有台北的規模氣象，然而廈門的美麗河流仍然保存，河流旁邊有許多富有詩意的高檔咖啡廳。世界許多偉大的城市都有河流，唯獨台北的河流為何要蓋住呢？只剩下生硬呆板無情的馬路！

名作家張曉風提到當年的新生南路是這樣子的：「……垂垂的柔條在新生南路的堤上颺拂，嫩嫩的青色繫著我們這一代的歌和淚。每次走過那些柳樹，總忍不住停下來凝望，每次凝望總忍不住想起詩詞中故國的隋堤和霸陵。就只為這一列的柳，就只為這一萬條毿毿然的金縷，我們的城便足以讓人留戀了。」可惜這條美麗的河流蓋住了，一去不返了。

台北市重慶南路自古就是有名的書街，到處都是

書店，空氣都是書香，約有一百家書店，這是台北文化的特色與記憶。然而現在剩不到十家，僅存的知名書店聽說也陸續要關了，書店整排都消失了，台北還有文化嗎？年輕的一代為何大都不熱中讀書了？張曉風當年提到的重慶南路是這樣子的：「……如果我們的城市是天空，重慶南路便是其上的銀河。我們沿路而行所嗅到的盡是兩側的書香，那些書出得又快又多，使我們不得不趕著讀。我們把那些心愛的書冊堆在從地板到天花板的書架上，欣慰著這城市所給我們的精神世界。」

曾文龍　2020 年 1 月 25 日　大年初一

賺墨水錢？

文鶴出版社社長
張富恭兄說
我是賺墨水錢的
「墨水錢？」這句話很久沒聽過了
富恭兄真是有學問
我讀政大地政系時
在荒涼的澎湖當預官時
為了賺點稿費
常常投稿
一個字一個字寫出文章
民國 71 年我出版第一本書（再版多次改了書名）
《房地產過去、現在、未來》
厚達 500 多頁，30 萬字，售出數萬本
現在老了，寫不出長文了

曾文龍　2018 年 3 月

教書與買房

到處教書

敢於買房

10 幾年前了

適逢大多頭

百年難遇

曾文龍　2019 年 2 月

教書一輩子

從台中經紀人考照班教完書
來住新竹安捷國際酒店
隔天還要教竹北不動產營業員班

認識 20 年的同學說
「老師教書一輩子了」
很辛苦
該退休休息了

曾文龍　2020 年 2 月

影響

30 年前

房地產書很少

本人的 4 本書

「誰來征服房地產

不動產行銷學

房地產過去、現在、未來

不動產常用法規」

影響了上海市政府

曾文龍　2022 年 1 月 28 日

莫泥語錄

一點一滴
匯成江河

1980 年 5 月

煩惱很正常，誰沒有煩惱！
但是不要被煩惱黏住了！
很多人都被煩惱黏住了！

要在煩惱裡頭找成長
快樂是自己找的，不用別人給！

2021 年 5 月 8 日

我很早就沒有框框了
莫泥無限大
比莫泥還大

比框框還大

所以到處都是機會

到處都可以快樂

2021 年 5 月 10 日

我喜歡走不同的路

每個角落，都有風景

我喜歡關懷各種不同的人

因為眾生平等

2021 年 5 月 10 日

不管風浪再大，依然悠哉！

我這一生只有敬天畏神！

天，在上面，隨時看得到，每個人都看得到！

神，舉頭三尺有神明！

2021 年 4 月 19 日

滿天星

一泓清水
　輕輕地來
　輕輕地走
來去之間
恰似
　雲彩飄逸

一泓流水
　清澈蜿蜒
訴說人世
　悲歡離合
擁抱世間
　積極光明

忽然
滿天星也來了
星星　流水　雲彩
莫非一物
劃亮星空
灑落芬芳

曾文龍　1989 年 8 月 19 日
記此生與滿天星的美麗相遇

卷捌

風雲一生

海納百川
宇宙開闊
2022.1.28 曾文龍

桃李天下

枝繁葉茂

各奔錢程

2020 曾文龍

歲月如飛
江山不老

寫文章半世紀

1974年11月，民國63年。

當時我還在政治大學地政系大四上學期的時候，偶然在中山北路林口書店買到了這本書《REAL ESTATE-PRINCIPALS and PRACTICES》，如獲至寶。

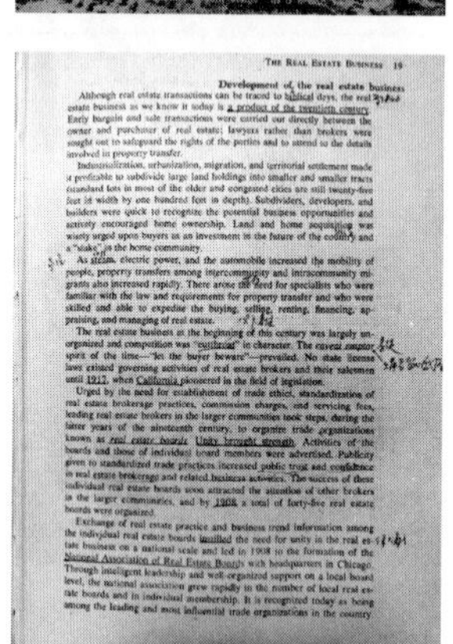

THE REAL ESTATE BUSINESS 19

Development of the real estate business

Although real estate transactions can be traced to biblical days, the real estate business as we know it today is a product of the twentieth century. Early bargain and sale transactions were carried out directly between the owner and purchaser of real estate; lawyers rather than brokers were sought out to safeguard the rights of the parties and to attend to the details involved in property transfer.

Industrialization, urbanization, migration, and territorial settlement made it profitable to subdivide large land holdings into smaller and smaller tracts (standard lots in most of the older and congested cities are still twenty-five feet in width by one hundred feet in depth). Subdividers, developers, and builders were quick to recognize the potential business opportunities and actively encouraged home ownership. Land and home acquisition was wisely urged upon buyers as an investment in the future of the country and a "stake" in the home community.

As steam, electric power, and the automobile increased the mobility of people, property transfers among intercommunity and intracommunity migrants also increased rapidly. There arose the need for specialists who were familiar with the law and requirements for property transfer and who were skilled and able to expedite the buying, selling, renting, financing, appraising, and managing of real estate.

The real estate business at the beginning of this century was largely unorganized and competition was "cutthroat" in character. The caveat emptor spirit of the time—"let the buyer beware"—prevailed. No state license laws existed governing activities of real estate brokers and their salesmen until 1917, when California pioneered in the field of legislation.

Urged by the need for establishment of trade ethics, standardization of real estate brokerage practices, commission charges, and servicing fees, leading real estate brokers in the larger communities took steps, during the latter years of the nineteenth century, to organize trade organizations known as real estate boards. Unity brought strength. Activities of the boards and those of individual board members were advertised. Publicity given to standardized trade practices increased public trust and confidence in real estate brokerage and related business activities. The success of these individual real estate boards soon attracted the attention of other brokers in the larger communities, and by 1908 a total of forty-five real estate boards were organized.

Exchange of real estate practice and business trend information among the individual real estate boards instilled the need for unity in the real estate business on a national scale and led in 1908 to the formation of the National Association of Real Estate Boards with headquarters in Chicago. Through intelligent leadership and well-organized support on a local board level, the national association grew rapidly in the number of local real estate boards and in individual membership. It is recognized today as being among the leading and most influential trade organizations in the country

先選擇了一篇，把它翻譯成中文，投稿到當時最有名的「房屋市場月刊」，幸蒙刊登，開啟了我寫房地產文章，賺稿費、貼補生活費的時代。

至今近50年，從未間斷。

那個時代雖然沒有錢到美國留學，但是一樣可以研讀美國的教材。

曾文龍　2022年10月25日

文思泉湧

文思泉湧，是的，我常文思泉湧。

但是大部分並未寫下，沒有空，或無所謂。

二十歲武陵青澀少年，為了突困投稿，想賺稿費。

而今，文思泉湧，到處可登、可賺稿費，卻已不想賺了，時間，有更大作為之事！

只想寫下生活點滴，有機緣即發表一些，為社會奉獻一點意見。

「問渠哪得清如許？為有源頭活水來。」

這句話，說得真好，所以能文思泉湧。

曾文龍　2004 年 11 月 12 日

下午 03：16　高雄愛河畔

春風化人

明天（週五）中秋了！

從本週（一）政大教課後夜車往高雄。

週（二）高雄教 6 小時，再夜車往竹北。

週（三）下午訪新竹市不動產仲介公會蘇雯英理事長及新竹縣不動產仲介公會鄭嘉盛理事長，晚上教 3 小時。

週（四）一早往桃園，下午一點有課，暫憩麥當勞辦公，一只皮包，全台教學，行動辦公室，晚上往中壢 6-9 點教課。

中壢下課後，才能夜車回台北。

雖然很辛苦，但全台灣不動產界都找我，春風化人，有教無類，亦是一種成就感吧?!

曾文龍　2006 年 10 月 5 日

10：40 下行桃園火車站前麥當勞

教育長流水，影響深遠

十年前到嘉義市不動產仲介公會教學時可趕搭飛機（現已無飛機了），但晚上只能坐客運，較方便，到台北已半夜了。

十年後再到嘉義市不動產仲介公會教「不動產經紀營業員訓練班」，坐高鐵 90 分鐘就到了，非常便捷！

感謝嘉義市不動產仲介公會何錦郎理事長站台，稱讚本人及勉勵學員。

感謝蔡順和榮譽理事長特別到教室來看我，本人並特別請蔡順和理事長勉勵學員！

感謝晚餐時，嘉義市不動產仲介公會陳文祥副理事長、石清煌總經理、陳信彰總經理及貴賓……的熱烈作陪。

教育長流水，影響深遠！

曾文龍　2012 年 12 月 12 日

發表房地產文章 40 年

最近本人接受網路新聞「好房網」的邀請，撰寫名家專欄每月一篇。

第一篇文章《黑暗的盡頭就是黎明》於 2 月 26 日已刊登在好房網。

歲月悠悠。

本人在報章雜誌發表文章已超過 40 年。

其中壽命最長的專欄已超過 30 年，刊登於「現代地政雜誌」。

當讀者 Google 房地產分析關鍵字，我的文章通常在第一頁就可看，或第一頁第二頁都可看到不同文章，一直點閱率很高，受到讀者的歡迎。

2010 年 9 月 28 日中國權威房地產雜誌南方房地產也主動來信邀請我寫專欄，來信說「我是廣東《南方房地產雜誌》的羽鍵，很高興能夠在澳門的論壇上認識您。《南方房地產雜誌》已創刊 27 年。本刊開設一個百家談的專欄，主要是邀請業界和經濟學界的人士撰稿。現特別邀請曾先生作為《南方房地產雜誌》的專欄作者之一……題目可自訂，內容視近期社會經濟和業界

動向有感而發，短小精幹、活潑，針貶時弊，如魯迅的短雜文，只不過是這城市建設與房地產相關的。您的文筆很好，個人的風格無須改變，按您原來的路數去寫就很好」。

中國最早看我的文章可追溯到 25 年前，1992 年 4 月 15 日，本人突然收到上海市政府董峰先生漂亮的毛筆字來信，信中提到「我知道您是台灣房地產研究資深的人士，而且對地產有著敏銳之洞察，對世界地產行在理論與實踐上有著豐富的知識與經驗，故非常想向先生請教。從有關部門了解到先生有三部大作《不動產行銷學》、《誰來征服房地產》、《房地產過去、現在、未來》，這三部大作本人在中國大陸很難覓到，我急切想拜讀之。尤其是《不動產行銷學》，這本書可能是全中國第一本有關房地產營銷 Marketing 有關的著作，渴求拜讀。」

25 年前我只出版這三本書，在台灣都受到極歡迎與極暢銷。

歲月匆匆 40 年過去了！

看盡房地產的風雲變幻！

曾文龍　2017 年 3 月 6 日

我與中國國術之淵源

——祝賀《太極拳悟真》新書出版

本人從小愛好武術，那時讀小學、初中，寒暑假因家貧，都要到建築工地打工，看到有些工人在打國術，舞拳弄刀，感覺甚為威風與羨慕，有位工人還常打白鶴拳給我看，那姿態非常神氣如鶴，令我對中國武術心生嚮往。當時台灣轟動流行的台語電視劇「西螺七崁」，以及國語連續劇「長白山上」，都屬武俠劇，對這些英雄俠士的拳術功夫，甚為仰慕，可惜都不得其門而入，沒有機會學習。因為考入台北市成功高中，首次接觸了國術社團，但因準備大學聯考，每天以課業為重，僅為初步識其堂奧。

1971 年，我考入了國立政治大學地政系就讀，大一新生報到時，看到許多學生社團正在招攬新人，發現有「國術社」社團時，立刻很振奮的加入了我仰慕已久的國術天地。那時指導老師姜長根教練，出身少林北派長拳，教我們打少林拳，每次上課都要蹲馬步、站樁、拉筋，很是辛苦，但很適合年輕氣盛、血氣方剛的青

年。至今猶記得姜老師表演八卦單刀虎虎生威的雄姿，其速度之快，只見朵朵刀花，真是雄壯威武極了！後來姜老師也教我們楊式太極 108 式，這是我第一次接觸太極拳，感受其柔能克剛的優雅，可惜我因學業與生活打工繁忙，平常並沒有常常練習，但內心充滿仰慕與感恩此因緣。

1991 年，因為好友住商不動產總部吳耀昆董事長在台北市仁愛國小學習太極拳，因他推薦，我也很高興地於每個周日上午一起加入學習，得能進入大名鼎鼎「五絕老人」鄭曼青宗師在台灣創辦的時中學社殿堂。在徐憶中社長的主持下，每周日上午若有空都去參加學習，內心充滿法喜，可惜平常工作繁忙，平日練習有限。

後來因為太極高手傅崑鶴老師的推薦，本人所主持的金大鼎出版社竟然出版了遠在四川成都的李雅軒大師的遺著《太極拳一代宗師．李雅軒修煉心法》，而李雅軒大師正是鄭曼青大師的師兄，我曾在時中學社讀過李雅軒大師的一些太極拳論解，對李大師甚為仰慕與尊敬。而該書主編陳龍驤老師正是李雅軒前輩的傳人與女婿，這些出版的淵源真是奇妙與令人歡喜啊！

2010 年 11 月 5 日至 7 日，時中學社社長徐憶中老師組織籌辦的「第八屆楊氏太極拳第五代傳人名家國際太極拳論壇暨鄭曼青宗師 110 周年誕辰紀念」的活動，在台北士林劍潭活動中心舉行，邀請了許多海外太極拳高手到台灣，也邀請了四川成都陳龍驤大師，因此盛會，本人得能第一次見到陳龍驤老師與其千金陳驪珠小姐，並且欣賞了他們表演的丰采，這也是很特殊的淵源，真是太極人生何處不相逢啊！

之後，本出版社陸續出版了另兩本李雅軒前輩的著作——《楊氏太極刀槍劍修煉心法》、《李雅軒珍貴遺著．太極拳學論》，而現在出版的，則是陳龍驤老師習拳、教拳，且於海內外戮力推展「李雅軒太極拳」數十年來之珍貴心得紀錄之《太極拳悟真》，本人在此特別對陳大師表示恭喜與祝賀之意，並在此第一次交代本人與中國國術之認識與淵源。太極拳柔能克剛，以天下之至柔，馳騁天下之至堅，是中國最有智慧的拳術，而且是極好的養生之道。中國文化幾千年的智慧，也完全體現在太極拳的拳術與養身健身，這真是海峽兩岸同胞與世界各地華人的驕傲啊！

曾文龍　2016 年 2 月 14 日　台北

專訪台灣房地產教父・曾文龍

——縱橫地產三十年，龍行天下滿桃李

（本文刊載於中華知識經濟協會電子報名人堂專欄）

採訪：陳啟明／中華知協主委兼中華知協電子報總編輯

　　　林中和／中華知協主委主委

　　　黃筱倩／中華知協主委志工

專欄主筆：王穎珍／中華知協委員

70年代台灣建築業長足發展，造就許多在房地產領域出類拔萃的青年才俊，曾文龍教授即是一例。曾文龍畢業於國立政治大學地政研究所法學碩士及菲律賓Bulacan大學商學博士，在70年代是房地產業少數學有專攻的專業青年學者。

自1977年起，曾文龍挾其豐富的學識基礎與實務經驗，縱橫大中華區地產界，數十年來，還利用工作之餘投身大量著作，內容集結房地產價格、市場變化、政策等精闢分析，提供後輩學子可以針對大都市房地產發展軌跡作深入淺出的回顧與體認，間接幫助有志投身房

地產的讀者大眾擁有極具價值的研究資料。

回顧 1980 年期間，房地產景氣跌落谷底，不少公司因而倒閉，民間購屋糾紛頻傳，令人感嘆當時坊間有關房地產的知識與書籍極少，業界與有關人士經常面臨無相關資料可參考的窘況時有所聞；反觀身處於 90 年代的我們，相較於當時，如今我們可以因拜讀曾文龍著作或參與他主講的系列講座而受益，則顯得相當幸運。

投身寫作　永保赤子之情

提到著作，曾文龍是抱著一股傻勁與赤子之情，跟許多人小時候一樣，每當看到報章上的文章時，總懷抱著夢想希望有一天自己的文章也能出現在報刊雜誌上；然而不同於大多人僅限於想想而已，曾文龍無礙寫作之苦，自許對萬事萬物常保「赤子情懷」而投身寫作，拿筆時每每思緒奔騰如同在大海徜徉、在原野馳騁般暢快；憑著一股對文字的熱情與堅持，曾文龍表示：「未寫時，我停留在某山；但當我交卷時，我卻被自然而然的彈到另一座更高的山！」這樣的堅毅又充滿浪漫的情懷，讓同樣是從事文字創作的工作者深深著迷。

誰來征服房地產

近年來國際風暴頻傳，澳洲淹大水、美國暴雪、巴西災難以及大海嘯重創日本，身處於台灣的我們則是遭遇八八風災，而隨者房地產的起起落落，所有曾經參與或關心房地產變化的人深嘆景氣與環境快速變遷令人無法掌握，有人因景氣暴跌而損失慘重，也有不少人隨著景氣復甦而財富倍增，曾文龍笑笑表示：「房地產的迷人，乃在於你永遠不知明天何在！何時將發生何變化！」。

80 年代書海市場極受讀者歡迎的暢銷書《誰來征服房地產》就在此種情況下應運而生，曾文龍憶及 1986 年出版此書時，彷彿將讀者帶回當年台灣地區房地產一片暴起暴落的混亂之中；「房地產」三個字，經常是「俗氣」的通稱，然而內涵卻是包羅萬象、浩瀚無涯，與人們的關係極為密切與重要；此書的誕生可謂市場的明燈，造福一般民眾都能習得房地產專業知識，進而培養察覺市場脈動的敏感度，增進投資房地產的宏遠眼光。

恢弘氣度　無私分享「不動產行銷學」

英人邱吉爾說：「人造住宅，住宅造人」；孟子則說：「民之為道也，有恆產者有恆心，無恆產者無恆心；苟無恆心，放辟邪侈，無不為已」兩者都道盡房屋予人的重要性，擁有房地產除了穩固人心，而擁有數量的多寡亦為一種社會與財富的象徵，這也是為何近幾年來，房地產始終成為人們增值、保值與熱衷投資的標的。曾文龍著作的《不動產行銷學》，內容針對房地產「經營、投資」、「市場、價格」、「業務、推銷」、「企劃、廣告」、「地政、購屋」，幫助許多進入房地產投資的人士能快速掌握相關法規、管理與行銷手法，從其著作中看到大量的專業分享，足見曾文龍個性寬宏與無私的氣度，倍受業界推崇絕非偶然！

現代孔夫子　有教無類

曾文龍開辦房地產證照及實務課程數十年來，講授科目涵蓋「房地產基本制度與政策」、「房地產理論」、「房地產行銷實務」、「房地產相關知識」、「房地產相關法規」……等專業科目，所培訓及通過國家專業考試的學生不計其數，並在每一科目皆有學生取

得高分名列前茅，曾文龍位在台北忠孝東路的「大日不動產研究中心．大日出版社」辦公室，來自全台各地的學生對曾老師的感謝函經常如雪片般飛來，小小的佈告欄早已無法滿足張貼，多到可以造冊立書。回應學生的熱情與感恩，曾文龍笑笑說：「學生沒有聰明或不聰明之分，只要肯聽話本人傳授的方法與策略，好好照著教材重點去讀，一定可以通過國家證照考試，從此走路有風！」。

此外，高中畢業於成功中學名校的他，由於出身貧困知道清寒學子家境困頓、往往需要半工半讀才能完成學業之苦，特於該校設立「曾文龍清寒優秀獎學金」以嘉惠學子，其視人如己之胸懷，造福後輩，令人動容；當您來到成功高中，經過傑出校友牆時，您將不難發現曾文龍的名字也與連戰、郝龍斌、李四端、金惟純……等知名人士銘刻並列。

台灣取得中國房地產證照第一人

曾文龍不僅作育英才，更於 2007 年受學生要求，針對台灣學生赴中國考房地產證照所需之教材進行獨自且大量的研發，完成後還訓練及帶領學生赴廣東省廣州市及北京……等城市參加考照，由於在中國舉凡國家級考試，即意味著該證照取得後，將來可在中國每一個城市執業（地方考試只能在當地執業），若要開公司，更須有該證照才能申請公司行號，足見中國考證的重要；而相關教材的獨立研發更顯其孤獨與艱難。

這次台灣學生赴中國考房地產證照之舉，不僅是破冰歷程且成為台灣房地產的佳話，曾文龍身為該團講師，除了帶隊與陪考，率性的他就「陪到底」，自己也進入考場與考生一同體驗考試的甘苦，其結果是甜美的；當 2010 年 12 月 28 日放榜之際，曾文龍順利榮登科科及格（高分）行列，就是這樣一股以身作則的熱情，讓曾文龍在台灣開辦課程的教室總是座無虛席，在學生心中最權威、最關心學生的好老師排行中，他絕對位居在前。

房地產專家楊治林先生在 2004 年中國北京以曾文龍名字做詩讚許，令人玩味：

縱橫地產三十年
曾經滄海難為水
文章講座一把照
龍行天下滿桃李

深藏哲人靈魂的房地產教父

隨著經濟的發展與時代的進步，從事房地產行業經常面臨高壓與困境，曾文龍面對不可掌握的因素或遭逢困境時，總能以樂觀的態度處世；滿腹才情，信手拈來總是詩，十多年前在一次前往演講的等車空檔，他以「快樂，無所不在」為題，寫下一首小詩：

有時　當許多人趕路上班時
我卻選擇 聽幾首喜愛的歌
這不正是快樂嗎
我攀登不了險峻的高峰
路邊的小花小草
一樣讓我有莫大的啟示與欣喜

又一次，在搭乘木柵捷運途中有所體悟，紙箋上曾文龍漂亮的字跡寫著：

有錢，讓我們學謙卑
沒錢，讓我們學堅強
兩者，皆是吾等之貴人

應作如是觀

如果您在前往目的的途中迷失了方向，跟曾文龍對話，他會告訴您：「何為奔波累？時刻皆動人」，就是這樣真性情造就出台灣房地產教父，曾文龍可謂實至名歸。

對於未來舉凡有志想要從事房地產行業、迎接兩岸熱潮、掌握雙方交流資訊，或是想要進修房地產制度與法規，進而能夠考取國家級證照的您，選擇跟隨曾文龍的「大日不動產研究中心」的腳步，絕對是您最聰明的選擇！

人生簡歷

曾文龍　主任

1. 國立政治大學　地政研究所　法學碩士
2. 菲律賓國立 Bulacan State University　商學博士
3. 俄羅斯國立 Khabarovsk 科技大學　博士班
4. 國立新加坡大學不動產估價研究　1989 年
   中國國立清華大學 現代城市發展國際學術研討會 1990 年
   北京師範大學出版科學研究院第一屆台灣知名出版人高級研修班 2010 年
5. 國立台北科技大學　不動產估價師學分班　主任
6. 國立台北商業大學　不動產估價師學分班　總顧問
7. 國立政治大學公企中心　不動產估價師學分班　主任
8. 國立政治大學公企中心　房地產經營與行銷研習班　主任
9. 台灣不動產物業人力資源協會　理事長

10. 致理科技大學推廣中心　曾文龍不動產學院
11. 崑山科技大學推廣教育　不動產學分班台北班　主持人
12. 中華綜合發展研究院　不動產研究中心　主任
13. 不動產文章及專欄、譯作　40 年
14. 不動產著作（理論及實務）　40 本
15. 現代地政月刊　不動產專欄主筆　35 年
16. 中國「南方房地產」雜誌　專欄作家
17. 不動產讀書研究會、宇宙讀書會　創始會長（1986 年）
18. 中華民國圖書出版協會　監事會召集人
19. 兩岸出版交流協會　監事會召集人
20. 台北市出版公會　常務監事
21. 不動產實務（房地產投資、土地開發、廣告企劃、行銷、法律）　40 年
22. 中華民國不動產仲介經紀公會全國聯合會教育訓練班主任
23. 中華民國建築金獎　評審委員
24. 中華民國 Top Sales 金仲獎　評審委員
25. Facebook 社團　快樂大學堂　校長
26. 台北市都市更新學會　常務監事兼教育主委

27. 中華民國消費者文教基金會　房屋委員
28. 中華民國不動產仲介經紀公會全國聯合會　發起人
29. 不動產相關公會、協會、學會　顧問
30. 中華民國不動產經紀業營業保證基金委員會　基金委員
31. 中國台商投資經營協會　執行委員、監事
32. 中華知識經濟協會　監事會召集人
33. 中華兩岸暨國際不動產經貿交易促進會　理事
34. 中華民國土地估價學會　常務監事召集人
35. 崇德協會　顧問
36. 國立政治大學、國立台北科技大學、國立台北商業大學、國立中興大學、淡江大學、逢甲大學、輔仁大學、佛光大學、景文大學、中華工商研究所、中國生產力、中華徵信所、台南女子技術學院、榮民工程處、中華開發公司、金融人員訓練中心、台電教育訓練中心、農會、政府機關、上海房地產協會、四川大學、北京師範大學……不動產講座。

著作及譯作

曾文龍　主任

1. 文章及譯作發表於報章雜誌
   1974～迄今（800篇以上）
2. 房地產乾坤 1982.10
3. 誰來征服房地產 1986.11
4. 不動產行銷學 1987.7
5. 房地產過去・現在・未來 1988.11
6. 不動產重要法規 1990.6
7. 房地產突破速捷法（原「房地產維他命」） 1990.8
8. 地政常用法規 1992.1
9. 土地法規精論 1992
10. 大陸房地產展望暨重要法規 1993.2
11. 人間天堂 1994.2
12. 房地行銷實戰 1994.12
13. 節稅致富妙方 1996.11
14. 讀書會創造命運 1998.1

15. 房屋推銷王大公開　1998.12
16. 不動產經紀人考試法規　2001.12
17. 不動產經紀法規精要　2003.7
18. 不動產經紀人國家考題解析　2003.8
19. 不動產估價師考試法規　2004.4
20. 46 位房屋金仲獎得主推銷秘訣　2005.11
21. 土地法規與稅法　2006.6
22. 20 年房屋代銷實戰與法律　2007.5
23. 不動產估價師法規暨考古題　2008.5
24. 不動產經紀人選擇題 100 分　2010.11
25. 中國房地產常用法規　2011.2
26. 不動產經紀人歷屆考題解析　2011.7
27. 如何考上估價師？重要法規 V.S 考古題　2011.8
28. 不動產經紀法規要論　2011.9
29. 如何考上地政士？重要法規 VS. 考古題　2012.9
30. 掌握大陸房地產兼習簡體字　2014.1
31. 頂尖房仲業務高手創富祕訣　2015.7
32. 奢侈稅實務判例研析　2015.9
33. 考上估價師秘訣．法規．考古題　2017.9
34. 宇宙讀書會 32 年操作實務　2018.5
35. 如何順利考取中國房地產證照　2019.5

36. 不動產租賃相關判決案例 2020.3

37. 公寓大廈管理條例相關判決案例 2021.7

38. 不動產常用法規（第 67 版） 2023.1

39. 如何突破房地合一稅？ 2022.7

40. 曾文龍博士詩文集 2023.1

學術經歷及研究文章簡介

曾文龍　主任

1. 國立政治大學地政研究所畢業，民國 64 年考進。
2. 菲律賓國立 Bulacan State 大學 商學博士
3. 俄羅斯國立 Khabarovsk 科技大學博士班
4. 台北市十年來房地產市場之研究（民國 62 年～71 年）
5. 不動產行銷學（大專用書，民國 76 年出版，印行十餘版）。該書被國內地政及不動產相關系所採用為教科書及指定參考書，對國內不動產啟蒙居於領先地位（由於讀者之諸多迴響及不斷再版）。

   民國 80 年，因本書，作者曾被上海大陸學界指為「我知道您是台灣房地產研究資深的人士，而且對地產業也有著敏銳之洞悉，對世界地產行在理論與實踐上有著豐富的知識與經驗，故非常想向先生請教。從有關部門了解到先生有三部大作『不動產行銷學』、『誰來征服房地產』、『房地產過去、現在、未來』，這三部大作本人在中國大陸很難覓到，我急切想拜讀之。尤其『不動產行銷學』，這本書可能是全中國地一本有關房地產營銷 Marketing 有關的著作，渴求拜讀。」

6. 中華綜合發展研究院 研究員兼不動產研究中心主任。

（華綜院為教育部核准之少數大型研究院，成立於 1994 年，創院首、二屆董事長林銅柱博士（現為名譽董事長）為享譽全球之太空材料工程科學家，現任院長林澤田教授為國土計劃、都市建築之資深學者。）

7. 政治大學、台北科技大學、文化大學、崑山科大、台北商業大學、中興大學、淡江大學、逢甲大學、輔仁大學、佛光大學、景文大學、四川大學、北京師範大學、中華工商研究所、中華綜合研究院、革命實踐研究院、中國生產力、中華徵信所、金融訓練中心、台電訓練中心、政府機構、上海房地產協會……不動產講座。

8. 民國 78 年參加北京清華大學「亞洲城市發展」國際學術討論會。（回國時，另發表了「大陸現代城市建築面面觀」及「園林藝術在大陸」等相關文章。）

9. 民國 78 年代表中華民國土地估價學會理事長蘇志超教授（曾任政大地政研究所所長及地政系主任），率經濟部中國生產力主辦之產官學「土地估價師東南亞考察團」到國立新加坡大學及香港、泰國、馬來西亞……等官方估價部門研究及考察各國之估價理論及技術。
10. 現代地政月刊「不動產市場分析專欄」（民國 72 年～迄今）
11. 房屋市場月刊「不動產專欄」（民國 63 年～82 年）
12. 不動產譯作（民國 63 年～70 年）

如：◎土地何來價值

◎不動產市場的特徵與供需影響因素

◎房地產繁華與衰退（Periods of Booms and Recessions）

◎價值與不動產市場（Real Estate and Urban Development）

◎美國房地產經紀事業

◎房地產投資（Real Estate investment）

◎房地產的管理與出租（Property management）

◎住宅的供求與相關因素

◎房地產投資的衰萎地區（Investment Problems）

13. 不動產運作與地政學術的關聯（民國 69 年 5 月發表於政大地政系出版之地政論壇）
14. 土地法規要論（大專用書，民國 82 年出版）
15. 主編地政常用法規、不動產法規、不動產經紀法規。（皆印行多版暢銷書）
16. 民國 75 年創辦「不動產讀書研究會」，為國內最早之讀書會團體，於 87 年發表國內第一本讀書會書籍「讀書會創造命運」，帶動國內組織讀書會之風潮於先。民國 79 年另創辦「宇宙讀書會」。出版「宇宙讀書會 32 年操作實務」。
17. 中國文化大學　不動產研習班主任（民國 78 年～90 年）
18. 相關著作（房地產過去、現在、未來，大陸房地產展望暨重要法令，房地產理論與實務，房地產觀念與趨勢……等。）
19. 中國文化大學　桃竹苗地區不動產估價師學分班主任（民國 91 年起）
20. 中國文化大學　主持都市計畫學分班（民國 92 年起）

21. 不動產經紀法規精要（大學用書，民國 91 年 6 月出版）
22. 國立政治大學公企中心　不動產估價師學分班主任（民國 90 年～95 年）
23. 參與政府相關研究計畫，例如台中市政府「國土計畫法通過對於開發產業園區影響之研究」、花蓮縣政府「委外成立都市危險及老舊建築物加速重建輔導團」、內政部營建署「住宅租賃發展制度及政策規劃專業服務委託案」等，擔任研究計畫主持人。
24. 其他

參與大陸問題研究之經歷

曾文龍　主任

- 1990 年　中國清華大學 國際學術研討會（亞洲城市發展）
- 1990 年 6 月　發表「大陸現代城市建築面面觀」（房屋市場月刊）
- 1992 年 4 月　發表「園林藝術在大陸」（房屋市場月刊）
- 1992 年 8 月　考察及與大陸城市領導人座談（南京、北京、天津、青島、蘇州、無錫、上海、福州、深圳、廈門……）
- 1992 年 9 月　發表「大陸高層建築與地下建築之發展」（房屋市場月刊）
- 1992 年 10 月　發表「大陸房地產觀測—曲罷不知人在否？」（房屋市場月刊）
- 1993 年 2 月　編著「大陸房地產展望暨重要法令」（共 254 頁，大日出版社）

- 1993 年 6 月　發表「兩岸三通與房市利多利空之分析」（房屋市場月刊）
- 1993 年　發行「前進上海教戰守策」（吳璨煌 總經理 編著，大日出版社）
- 1994 年 5 月　發行「宏觀海峽兩岸房地產」（喬統建設 許慶修董事長 編著，大日出版社）
- 1994 年 8 月　發行「掌握大陸不動產投資決策」（國立中興大學都市計劃研究所 謝潮儀 所長 編著，大日出版社）
- 1995 年 10 月　發行「大陸房地產解釋名詞」（大華不動產鑑定 張義權董事長編著，大日出版社）
- 1996 年 1 月　發行「大陸投資相關法規」（陳豐明博士 編著，金大鼎文化出版公司）
- 1996 年 7 月　發行「掌握全方位不動產」（王應傑理事長 著，大日出版社）
- 2002 年 4 月　與深圳律師團等大陸法律專家、學者成立兩岸法律研究中心！
- 2002 年 10 月　發行「上海買房聖經」（吳璨煌 總經理 編著，金大鼎文化出版公司）
- 2007 年 1 月　發行「台商接班問題之突破」（陳明璋理事長 著，金大鼎文化出版公司）

- 2009 年 12 月　在台灣發行大陸太極拳一代宗師「李雅軒修煉心法」大作
- 2010 年 4 月　北京師範大學「第一屆台灣知名出版人」高階研修班
- 2010 年 10 月　受邀中國「南方房地產」專欄作家
- 2010 年 12 月　中國國家級考試「房地產經紀人」考試及格
- 2011 年 2 月　發表「中國房地產常用法規」（曾文龍博士　主編，大日出版社）
- 2014 年 1 月　發表「掌握大陸房地產兼習簡體字」（曾文龍博士　編著，大日出版社）
- 1990 年～迄今　多次考察大陸相關投資環境與交流。（重要城市如北京、天津、上海、南京、青島、蘇州、福州、成都、昆明、大理、麗江、海南省、寧波、杭州、廈門、珠海、廣州……等等。）
- 1990 年～迄今 大陸多家大學多次邀請為講座等。

我這一生
都沒有離開房地產

曾文龍
2022.10

打造資產·創富投資 專業精選四書

合購創富
優惠價1,500元
原價1,880元

●如何突破房一地合一稅？

定價540元

曾文龍博士/陳姵因 會計師 編著

掌握房地合一稅2.0關鍵要領·輕鬆贏得先機

▶在政府打房砲火猛攻之下，房地合一稅新制讓賣房時要付出的成本增加，因此買賣房屋時一定要了解各種稅費種類與節稅妙方，聰明護緊荷包！

▶協助讀者了解房地合一2.0法規意義與相關事項，透過深刻解析，讓大家對房地合一2.0之內涵及節稅方法有全面性專業之了解，以為從事不動產買賣及投資實際操作之基礎，輕鬆贏得投資置產先機！

資產傳承秘笈

定價590元

不動產專業書籍暢銷作者 施亮州 著

大膽揭露房價秘辛、剖析房產交易陷阱。
傳授資產致富、資產傳承秘訣！

★6種必看本書族群★

- ▶全台灣房仲業務員（服務升級）
- ▶保險業務員（顛覆思維）
- ▶銀行理專（必修必讀）
- ▶買賣屋消費者（首購、換屋）
- ▶未來退休族（人人必看）
- ▶高資產族（家族傳承、接班人）

全球投資大師創富金鑰

理財實戰名師 黃賢明 編著

精通千億富豪 理財獲利秘笈！
保證全部贏家實戰高深度精解！

- ★淬取全球TOP投資大師創富密碼
- ★獨家破解國際權威指標理論之盲點
- ★晉升投資獲利王成功密碼
- ★程式複製黑馬飆股之實戰選股精例
- ★傳授散戶反敗為勝全方位寶典

定價300元

●土地登記理論及實例寶典

前台北市地政局副局長 曾秋木 編著

土地登記經典課題探論

- ★土地所有權移轉登記時，原設有之抵押權該誰負擔之探究
- ★數不動產為共同抵押之登記
- ★法院確定判決變更登記之研究
- ★共有土地之法律關係及分割登記
- ★繼承登記實務釋例

定價450元

日出版有限公司·金大鼎文化出版公司
購買方式~▼戶名：大日出版有限公司 帳號101-001-0050329-5（永豐銀行 忠孝東路分行）
網址：http://www.bigsun.com.tw ▼訂購電話：（02）2721-9527，訂購傳真：（02）2781-3202
訂購1,000元以下者另加郵資65元，1,000元~2,000元者另加郵資80元，2,000元以上免運費
匯款完成後，請傳真收據，並附上收件人/地址/連絡電話/購買書名及數量，以便寄書。

國立臺北商業大學
National Taipei University of Business

桃園不動產估價師學分假日班

●考試資格：依考選部規定需大學專科以上畢業，並修習考選部規定相關學科至少六科，自101年1月起，修習科目其中須包括不動產估價及不動產估價實務。合計十八學分以上者(含四大領域)，即可取得報考不動產估價師考試資格。

(注意:高等考試相關規定,詳情依考選部公告為主)

★ 考試院考試日期：每年8月份(高考)

●上課資格：高中職以上畢業，對不動產估價之專業知識有興趣者。

充電進修最佳課程
權威師資輔導高考訣竅

◎上課日期：**週六日假日班**

◎研修學分課程：共18學分

不動產法規 (含不動產估價師法)	3學分
不動產估價	3學分
不動產估價實務	3學分
土地利用	3學分
不動產經濟學	3學分
不動產投資	3學分

◎課程總顧問：**曾文龍** 博士

簡歷：中華綜合發展研究院 不動產研究中心主任
北科大、政大、北商大…不動產講座
不動產教學、著作40餘年經驗

◎師資群：北科大、政大、北商大…等名師及高考及格之不動產估價師聯合授課

◎費用：每學分2,500元，全修為9學分，共 22,500元

◆上課時間：週六或週日

◆上課地點：**桃園市平鎮區福龍路一段100號(弘毅樓)**

◆報名方式：請來電索取或自行上網下載報名表，填妥報名表後回傳先報名，待完成繳費後，請務必將繳款收據傳真並來電確認

◆匯款繳費：匯款繳交(無法使用ATM轉帳)

銀行：台灣銀行城中分行(代號：004)；帳戶：國立臺北商業大學401專戶

帳號：045-036070011

※洽詢電話：(02) 2771-6848 黃小姐
(03)450-6333#8162 王小姐
傳真：(02)2776-2572、(03)450-6371
地址：32462桃園市平鎮區福龍路一段100號(教務處推廣教育組)

國立臺北商業大學

☆即日起☆ 完成報名並繳費者
立即領書閱讀！提前準備喔

【不動產經紀人考照班】

雲端課程

花蓮

台北

桃園

新竹

台中

高雄

超效率！超秘笈！名師教學、高上榜率！黃金證照

◆班主任：曾文龍 教授
簡介：國立政治大學地政研究所畢業
不動產教學、演講、作家……35年
北科大、北商大、政大……不動產講座

◆主流師資群：
◎國立政治大學地政研究所博士、碩士
◎不動產專業名律師
◎輔導國家高考、普考名師

歡迎Line報名

◎費　　用：16000元(含書籍)。
◎報名方式：1.請先填妥報名表並先回傳
2. 完成匯款後請務必將匯款收據傳真或來電確認
◎匯款資訊：匯款銀行：永豐銀行 · 忠孝東路分行 (代碼807)
戶　　名：大日明企管顧問有限公司 ，帳號：101-001-0014239-9

大日不動產研究中心/大日明企管顧問公司/大日出版社
～歡迎來電索取簡章/報名表～
報名電話：（02）2721-9527　地址：台北市忠孝東路4段60號8樓
傳真專線：（02）2781-3202　網址：http://www.bigsun.com.tw

國家圖書館出版品預行編目(CIP)資料

曾文龍博士詩文集/曾文龍編著. -- 第一版. --
臺北市：金大鼎文化出版有限公司, 2023.01
面；　公分. --（全面成長；5）

ISBN 978-986-06797-0-0（平裝）

863.4　　　　111019516

全面成長5

曾文龍博士詩文集

作　　者／曾文龍
主　　編／黃　萱
出 版 者／金大鼎文化出版有限公司
10688臺北市大安區忠孝東路4段60號8樓
網　址：http://www.bigsun.com.tw
出版登記：行政院新聞局局版北市業字第200號
郵政劃撥：18856448號／金大鼎文化出版有限公司
電　話：（02）2721-9527
排　　版／龍虎電腦排版股份有限公司
電　話：（02）8221-8866
製版印刷／松霖彩色印刷事業有限公司
電　話：（02）2240-5000
總 經 銷／旭昇圖書有限公司
地　址：新北市中和區中山路2段352號2樓
電　話：（02）2245-1480
定　　價／平裝500元

2023年1月 第1版